關漢卿

再現人文精粹，傳承經典價值

王德威 總召集

柯慶明 總策劃

經典。關漢卿戲曲

「人與經典」〇〇三

陳芳英 編著

麥田出版

「人與經典」總序

王德威

「人與經典」是麥田出版公司創業二十周年所推出的一項人文出版計畫。這項計畫介紹廣義的中國經典作品，以期喚起新一世代讀者接觸人文世界的興趣。取材的方向主要來自文學、歷史、思想方面，介紹的方法則是以淺近的敘述、解析為主，並輔以精華篇章導讀。類似的出版形式過去也許已有先例，但「人與經典」強調以下三項特色：

• 我們不只介紹經典，更強調「人」作為思考、建構，以及閱讀、反思經典的關鍵因素。因為有了「人」的介入，才能激發經典豐富多元的活力。

●我們不僅介紹約定俗成的經典，同時也試圖將經典的版圖擴大到近現代的重要作品。以此，我們強調經典承先啟後、日新又新的意義。
●我們更將「人」與「經典」交會的現場定位在當代臺灣。我們的撰稿人不論國內國外，都與臺灣淵源深厚，也都對臺灣的人文未來有共同的信念。

經典意味著文明精粹的呈現，具有強烈傳承價值，甚至不乏「原道」、「宗經」的神聖暗示。現代社會以告別傳統為出發點，但是經典的影響依然不絕如縷。此無他，在時間的長河裡我們畢竟不能，也沒有必要，忽視智慧的積累，切割古今的關聯。

但是經典豈真是一成不變、「萬古流芳」的鐵板一塊？我們記得陶淵明、杜甫的詩才並不能見重於當時，他們的盛名都來自身後多年——或多個世紀。元代的雜劇和明清的小說曾經被視為誨淫誨盜，成為經典只是近代的事。晚明顧炎武、黃宗羲的政治論述到了晚清才真正受到重視，而像連橫、賴和的地位則與臺灣在地的歷史經驗息息相關。至於像《詩經》的詮釋從聖德教化到純任自然，更說明就算是著毋庸議的經典，它的意義也是與時俱變的。

談論、學習經典因此不只是人云亦云而已。我們反而應該強調經典之所以能夠可長可久，正因為其豐富的文本及語境每每成為辯論、詮釋、批評的焦點，引起一代又一代的對話與反思。只有懷抱這樣對形式與情境的自覺，我們才能體認所謂經典，包括了人文典律的轉換，文化場域的變遷，政治信念、道德信條、審美技巧的取捨，還有更重要的，認識論上對知識和權力，真理和虛構的持續思考辯難。

以批判「東方學」（Orientalism）知名的批評家愛德華．薩依德（Edward Said, 1935-2003）一生不為任何主義或意識形態背書，他唯一不斷思考的「主義」是人文主義。對薩依德而言，人文之為「主義」恰恰在於它的不能完成性和不斷嘗試性。以這樣的姿態來看待文明傳承，薩依德指出經典的可貴不在於放諸四海而皆準的標竿價值，而在於經典入世的，以人為本、日新又新的巨大能量。

薩依德的對話對象是基督教和伊斯蘭教文明，各有其神聖不可侵犯的宗教基礎。相形之下，中國的人文精神，不論儒道根源，反而顯得順理成章得多。我們的經典早早就發出對「人之所以為人」的大哉問。屈原徘徊江邊的浩歎，王羲之蘭亭歡聚中的警醒，李清照亂離之際的感傷，張岱國破家亡後的追悔，魯迅禮教吃人的控訴，千百年來的聲音回盪我們四周，不斷顯示人面對不同境遇——生與死、信仰與背離、承擔與隱逸、大我與小我、愛慾與超越……——的選擇和無從選擇。

另一方面，學者早已指出「文」的傳統語源極其豐富，可以指文飾符號、文章學問、文化氣質，或是文明傳承。「『文』學」一詞在漢代已經出現，歷經演變，對知識論、世界觀、倫理學、修辭學和審美品味等各個層次都有所觸及，比起來，現代「純文學」的定義反而顯得謹小慎微了。

從《詩經》、《楚辭》到《左傳》、《史記》，從〈桃花源記〉到〈病梅館記〉，從李白到曹雪芹，將近三千年的傳統雖然只能點到為止，已經在在顯示古典歷久彌新的道理。《詩經》質樸的世界彷彿天長地久，《世說新語》裡的人物到了今天也算夠「酷」，《紅樓夢》的款款深情仍然讓我們悠然神往；而荀子的〈勸學〉、顧炎武的〈廉恥〉、鄭用錫的〈勸和論〉與我們目前的社會、政治豈不有驚人關聯性？

「郁郁乎文哉」：人文最終的目的不僅是審美想像或是啟蒙革命，也可以是「興、觀、群、怨」、或「心齋」、「坐忘」、或「多識草木鳥獸蟲魚之名」，以至「觀乎人文，以化成天下」。人與文是我們生活或生命的一部分。傳統理想的文人應該是文質彬彬，然後君子。轉換成今天的語境，或許該說文學能培養我們如何在社會裡作個通情達理、進退有節的知識人。

「人與經典」系列從構思、選題、到邀稿，主要得力柯慶明教授的大力支持。柯教授是臺灣人文學界的指標性人物，不僅治學嚴謹，對臺灣人文教育的關注尤其令人敬佩。此一系列由柯教授擔任總策劃，是麥田出版公司最大的榮幸。參與寫作的專家學者，都是臺灣學界的一流人選。他們不僅為所選擇書寫的經典作出最新詮釋；他們本身的學養已經是臺灣多年來人文教育成果的最佳見證。

人與經典

專家精選國學經典
現代語言專業演繹
立體重現作者生命風華

人與經典
再現人文精粹　傳承經典價值

作家 王文興
作家 朱天文
作家 李永平
作家 李偉文
作家 吳岱穎
雲門舞集創辦人 林懷民
中研院文哲所所長 胡曉真
作家 凌性傑
中央大學中文系教授 康來新
臺大中文系教授 張健
作家 張曼娟
臺北大學中文系教授 陳大為
政大臺文所教授 陳芳明
作家 陳雪
國家圖書館館長 曾淑賢
作家 鍾文音
洪建全教育文化基金會董事長 簡靜惠

——誠摯推薦
（依姓氏筆畫排序）

二〇一二・十二
隆重上市

麥田出版

「人與經典」總導讀

柯慶明

一鄉之善士，斯友一鄉之善士。一國之善士，斯友一國之善士。天下之善士，斯友天下之善士。以友天下之善士為未足，又尚論古之人。頌其詩，讀其書，不知其人可乎？是以論其世也，是尚友也。

上述孟子謂萬章（萬章是孟子喜愛的高足弟子）的一段話，或許最能詮釋孔子所謂：「無友不如己者」之義，因為這裡的「如」或「不如」，就孔子而言是從「主忠信」一點立論，而就孟子而言，則從其秉性或作為是否足稱「善士」，而更作「一鄉」、「一國」、「天下」之區別，以見其心量與貢獻之大小，充分反映的就是一種「同明相照，同氣相求」的渴望。這種不謀其利而僅只出於「善善同其清」的道義相感，或許就是所謂「交友」最根本的意義：靈魂尋求他們相感相應的伴侶，「知己」因而是個無限溫馨而珍貴的詞語。

但是「善士」們，不論是「一鄉」、「一國」或「天下」之層級，在這高度繁複流動的現代世界裡，大家未必皆有機緣相識相交而相友，於是「尚論古之人」的「尚友」就更加重要了。因為透過「頌其詩，讀其書」：我們就可以發現精神相契相合的同伴；當我們更進一步「論其世」，不僅「聽（閱）其言」，而進一步跨越時空、歷史的距離，「觀其行」時，我們就因「知其人」，而可以有「尚友」的事實與效應了。

我們因為這些「古之人」的存在，而不再覺得孤單。雖然我們或許只能像陶淵明一樣，深感「黃（帝）唐（堯）莫逮」，未能及時生存於那光輝偉大的時代，而「慨獨在余」，而深具時代錯位的生不逢時之感；但卻也因此而無礙於他以「無懷氏之民」或「葛天氏之民」為一己的認同；在他以五柳先生為其寓託中，找到自己有異於俗流的生存方式與實現生命價值的途徑。

雖然未必皆得像陶淵明或文天祥那麼戲劇性；「風簷展書讀」之際，時時發現足資崇仰共鳴的「典型在宿昔」，甚至生發「敢有歌吟動地哀」的悲憫同情，卻是許多人共有的經驗：這使我們不僅生存在同代的人們之間，更同時生活在歷代的聖賢豪傑、才子佳人，以至雖出以寓託而不改其精神真實的種種人物與人格之間，終究他們所形成的正是一種，足以寄託與安頓我們生命的，特殊的「精神社會」：或許這也正是人文文化的真義。

當這些精神人格所寄寓的著作，能夠達到卓超光輝，足以照耀群倫：個別而言，恍如屹立於海濤洶湧彼岸的燈塔；整體而言，猶若閃爍於無窮暗夜的漫天星斗，燦爛不盡……這正是我們不僅「尚友」古人，更是面對「經典」的經驗寫照。

在各大文明中，許多才士偉人心血凝聚，亦各有鉅著，因而成其「經典」；終至相沿承襲，而自成其文化「傳統」，足以輝映古今，這自然皆是人類所當珍惜取法的瑰寶。至於中華文化的經典，一方面我們尊崇它們的作者，如劉勰《文心雕龍．徵聖》所宣稱的：「作者曰聖，述者曰明；陶鑄性情，功在上哲」；但是對於此類「上哲」的形成與「經典」的產生，歷來的賢哲們，更多有一種「殷憂啟聖」的深切認知。這種體認最清晰的表述，就賢哲人格的陶鑄而言，首見於《孟子．告子》：

舜發於畎畝之中，傅說舉於版築之間，膠鬲舉於魚鹽之中，管夷吾舉於士，孫叔敖舉於海，百里奚舉於市：故天將降大任於斯人也，必先苦其心志，勞其筋骨，餓其體膚，空乏其身，行拂亂其所為，所以動心忍性，曾益其所不能。人恆過，然後能改。困於心，衡於慮，而後作。徵於色，發於聲，而後喻。入則無法家拂士，出則無敵國外患者，國恆亡。然後知生於憂患而死於安樂也。

這一段話，不僅指出眾多賢哲的早歲困頓的歲月，其實正是為他們日後的大有作為，提供了經驗知識的準備，更重要的是陶鑄力堪大任的人格特質。一方面是人類的精神能力必須接受挫折和困頓的開發：「所以動心忍性，曾益其所不能」；另一方面則是處世謀事要恰如其分，肇造成功，永遠需要以「試誤」的歷程來達臻完善：「人恆過，然後能改」；創意的產生來自困難的挑戰，也來自堅持解決的意志與內在反覆檢討圖謀的深思熟慮：「困於心，衡於慮，而後作」；而任何執行的成功，更是需要深入體察人心的動向，回應眾人的企盼與要求：「徵於色，發於聲，而後喻」。簡而言之，智慧自歷鍊來，志意因自勝強，執業由克己行，成功在眾志全……孟子所勾勒的其實是與人格養成不可分割的，一種另類的「個人的知識」（Personal Knowledge）。因此當他們將此類「個人的知識」，轉成話語，形諸著述，反映的仍然寓涵了他們「生於憂患」的經驗，以及超拔於憂患之上的精神的強健與超越、通達的智慧。

對於中國「經典」的這種特質，最早作出了觀察與描述的，或許是司馬遷，他在〈報任少卿書〉說：

古者，富貴而名摩滅，不可勝記，唯倜儻非常之人稱焉。蓋文王拘而演《周易》；仲尼厄而作《春秋》；屈原放逐，乃賦《離騷》；左丘失明，厥有《國語》；孫子臏腳，《兵法》

脩列；不韋遷蜀，世傳《呂覽》；韓非囚秦，〈說難〉、〈孤憤〉；《詩》三百篇，大抵聖賢發憤之所為作也。此人皆意有鬱結，不得通其道，故述往事，思來者。乃如左丘無目，孫子斷足，終不可用，退而論書策，以舒其憤，思垂空文以自見。

司馬遷在《史記．太史公自序》中亦作了類似的表述，只是文前強調了：「夫《詩》、《書》隱約者，欲遂其志之思也。」就上文的論列而言，首先這些「經典」的作者都是「倜儻非常之人」，足以承擔或拘囚、或遷逐、或遭厄、或殘廢等等的重大憂患，但皆仍不放棄他們的「欲遂其志之思」，而皆能「發憤」，以「退而論書策」，「思垂空文以自見」來從事著述。

其中的關鍵，固不僅在「不得通其道」之事與願違的存在困境中，「意有鬱結」而於「恨私心有所不盡，鄙陋沒世，而文采不表於後世也」的存在焦慮下，欲「以舒其憤」之際，選擇了「思垂空文以自見」的自我實現的方式；而更重要的，是他們皆能夠跳出一己之成敗毀譽，採「退而論書策」，以訴諸集體經驗，反省傳統智慧的方式，來「述往事，思來者」。就在這種跳脫個人得失，以繼往開來為念之際，他們皆以其深刻而獨特的存在體驗，對傳統的經驗與累積的智慧，作了創造性轉化的嶄新詮釋。於是個別的具體事例，不僅只是陳年舊事的記錄，它們卻更進一步的彰顯了某些普遍的理則，成為足以指引未來世代的智慧之表徵，這正是一種「入道見志」的表現；這也正是「個人的知識」與「傳統的智慧」的結合與交相輝映。

因而「經典」雖然創作於古代，所述的卻不止是僅存陳跡的古人古事，若未能掌握其中「思來者」的寫作真意，則好學的讀者即使「載籍極博」，亦不過是一場場持續的「買櫝還珠」之遊戲而已。因而這種透過個人體驗所作的創造性轉化與詮釋，不僅是一切「經典」所以產生與創造的真義；更是「經典」所以能夠生生不息的與時俱新之契機；我們亦唯有以個人體驗對其作創造性的轉化與詮釋，才能真正掌握這些「經典」中，「大抵聖賢發憤之所為作」的艱苦用心，而領會其高卓精神與廣大視野，激盪而成我們一己志意之昇華與心靈境界之開拓。這不僅是真正的「尚友」之義，亦是我們透過研讀「經典」，而能導致文化傳統與人文精神，得以永續的層層提升與光大發揚的關鍵。

基於上述理念，王德威院士和我，決定為麥田出版策劃一套以中華文化為範疇的「人與經典」叢書，一方面選擇經、史、子的文化「經典」；一方面挑選中國文學具代表性的辭、賦、詩、詞、戲曲、小說，以及臺灣文史的名家名作，邀請當代閱歷有得的專家，既精選精注其原文；亦就這些偉大作者的其人其事，作深入淺出的闡發，以期讀者個別閱讀則為「尚友」賢哲；綜覽則為體認文化「傳統」：既足以豐富生命的內涵；亦能貞定精神上繼開的位列，因而得以有方向、有意義的追求自我的實現。

於國立臺灣大學澄思樓三〇八室

自序／關漢卿及其作品

陳芳英

關漢卿是元曲一代魁首，被推崇為「驅梨園領袖，總編修師首，捻雜劇班頭」，其作品數量豐富、質量精彩，而且至今仍不斷被改編演出；有關他的研究，更已自成一種論述（discourse），被稱為「關學」。他一生創作劇本六十幾種，現存十幾種，並留存散曲小令五十七首，套數十三。最早記錄元曲作家的《錄鬼簿》[1]，關於他的生平，卻只有十一個字的介紹。本書希望漸次展開時代、作家、作品的繪卷，與關漢卿素面相見。

一般論及元代或關漢卿，總不免提到元代的黑暗，與關漢卿的反抗精神，本書則刻意避免類似的、稍嫌武斷和偏狹的說法。

當然，元代是第一個由漠北民族統治全中國的朝代，蒙元以征服者的姿態入主中土，規制法令的確有不公平的現象，但要說到歷史上政治的黑暗、社會的不公，沒有一個朝代沒有，元代並不比其他朝代嚴重。本書討論到相關問題時，只從問題入手，盡可能避免太過簡單，或只針對「民族」單一觀點的指責或論斷。元代經濟發達，提供了百姓生活一定程度的保障，並支持了演藝、娛樂事業的發展，成就了光芒熠耀的元代雜劇與散曲。至於經常被抨擊的停止科舉考試一事，也可從其他角度思考。蒙元在馬上得天下，任何動靜都攸關死生，所以看重有一技之長的人，政府中用人，也自有其不同的晉用方法。中國的讀書人，一向「學而優則仕」，把科舉考試當作進身之階，一旦科舉停辦，惶惶不知所措。但從另一個視角看，不必局限讀書做官的歷程，何嘗不是大自在；他們必須重新思考、選擇，面對另一種生活方式，也面對自己，尋找真正發揮所長的生命之路，元代許多文人加入書會，從事市井演藝文學，才讓雜劇發展臻於高峰。

關漢卿也是書會才人，他從生活出發，自會指斥不公不義之事，卻也欣喜溫暖的塑造許多明亮的人物，和動人神魄的情節。他並不是義憤填膺的正義使者，而是深諳戲劇娛樂特質的專業劇作家。本書想呈現的，是身為戲劇家的關漢卿；討論他的劇作時，除了主題內容、文詞音樂之外，更希望從劇場演出的角度觀察。就劇論劇的同時，本書也避免挪用西方悲劇或喜劇的類別規範，若偶有涉及，也只是討論其寫作策略，而絕非分類歸屬。

本書寫作時，也盡量避免當頁腳註或類似考證的寫法，但關漢卿生平資料極少，又多錯雜，研究者也說法歧出，尚無定論；敘述其生平里居及行跡時，還是必須交代考辨的緣由，雖已盡力降低行文間的考證痕跡，若仍不免瑣碎，尚祈見諒。至於後人杜撰，難以徵信的資料，即使狀似詭麗多奇，本書基於學術嚴謹的立場，就擯而不錄了。

關漢卿是活潑的劇作家，他以最自然白描的寫作，留給我們燦爛奪目、精彩絕倫的作品。正式開啟中國戲曲研究門徑的王國維宣稱：「關漢卿一空倚傍，自鑄偉詞。而其言曲盡人情，字字本色，故當為元人第一。」請讀者就此縱橫書卷，親炙關漢卿其人其書的本然面目。

全書分成三大部分。第一部分介紹關漢卿所處時代的社會文化狀況、都市的繁華、市井娛樂，以及從現存資料中描繪的關漢卿面貌。第二及第三部分，則分別介紹散曲和雜劇的特質，並論述關漢卿在這兩方面的成就。元曲包括散曲和雜劇，元代有些作家專寫散曲，有些作家專寫雜劇，多半的作家則同時涉足散曲、雜劇，關漢卿也是兩者兼擅。因為和詩詞、小說等文類相較，元曲是大家比較陌生的，是以書中在二、三兩個部分，各由幾個進程書寫。第二部分，（1）先介紹散曲的形式、風格等特質；（2）綜合論述關漢卿散曲的題材內容與寫作風格；（3）經典賞析。為了保持清楚的論述邏輯，特別將（2）綜合評述，與（3）針對個別作品的分析評賞分開，希望可以達到眉目清楚，曉暢易讀。第三部分，（1）對雜劇中幾個基本用語正名釋義；（2）整體介紹、論述關漢卿現存雜劇；（3）說明「關學」的發展；（4）經典賞析，選取關漢卿雜劇作品做全本或單折的注釋及解析。最後附上讀完本書，想再進一步了解關漢卿、散曲、雜劇，可以延伸閱讀的書目。

書寫過程，受益最大的，當然是筆者自己。藉此機會，重讀或新讀大量的蒙古、元代資料、關漢卿作品，和卷帙繁多的相關研究論述，是何等美好的生命經驗。謹在此向關漢卿和這些書籍的所有作者，深致謝意。更希望讀者喜歡作者珍重奉上的小書，進而喜愛關漢卿這位偉大的作家和他的作品。

同時，謝謝德威先生的主催和秀梅小姐的襄助。

1 《錄鬼簿》：元代鍾嗣成著。《錄鬼簿》收錄一百五十二位名作家，四百多種作品名目。書中將作家分為七類：一、前輩已死名公，有樂府行於世者；二、方今名公；三、前輩已死名公才人，有所編傳奇行於世者；四、方今已亡名公才人，余相知者，為之作傳，以【凌波曲】弔之；五、已死才人不相知者；六、方今才人相知者，紀其姓名行實並所編；七、方今才人，聞名而不相知者。前一、二項多為散曲作家，關漢卿則被放在第三類。書中簡要介紹了作家的生平、著述情況，是記述元代雜劇歷史的重要文獻資料。

經典賞析

壹——在星群裡也放光

珠璣語唾自然流，金玉詞源即便有，玲瓏肺腑天生就。
風月情忒慣熟，姓名香四大神州。
驅梨園領袖，總編修師首，捻雜劇班頭。

——〈關漢卿弔詞〉，賈仲明【凌波仙】

劇場只有在面對觀眾表演的時刻，才真正存在。戲劇的生命，原是這般短暫，一如倥傯的人生；可是，正因為它搬演著人生的悲歡離合，讓觀眾深刻的品味人間幸福、憂傷、溫婉和敦厚的情意，在震動之餘，往往是情難以堪，低迴不已。更由於劇作家藉戲劇發抒理想，探討生命價值，在瞬間即逝的演出裡，揭示的卻是永恆的生命情境。一齣好戲恰如天上的一夜明月，桌前的一盞好茶，雖只供一時受用，卻令人珍惜不盡，於是除了劇場即時的觀賞之外，閱聽者更反覆研讀、咀嚼劇本。

中國戲劇經先秦漢唐宋金的萌芽、發展，到了元代，成就了中國戲曲史上第一個黃金時期，一時劇作家輩出，如晴朗夜空群星燦爛，關漢卿正是其中最閃亮的明星，也是元雜劇最早、作品最多、類別最豐富，也最精彩的作家，一生創作劇本六十幾種，現存十幾種，並留存散曲小令五十七，套數十三。最早記錄元曲作家的《錄鬼簿》，關於他的生平，卻只有十一個字的介紹。我們就此展開時代、作家、作品的繪卷，與關漢卿素面相見。

漢人、南人則只能擔任副貳之職，甚至連較高級的副職也很難得到任命。律法方面，《刑法志》四規定「諸殺人者死，仍於家屬徵燒埋銀五十兩給苦主」，但若是蒙古諸王以私怨殺人，僅判處杖刑和流放，如果是「諸蒙古人因爭及醉毆死漢人」，那就只有「斷罰出征」和「全徵燒埋銀」。蒙古部落征戰草原時期，被征服者就成為奴隸；他們以勝利者的姿態入主中土，雖不致將漢人、南人全都視為奴隸，卻也並未與蒙古人、色目人一視同仁，平等對待。政治上如此，賦稅上更難免橫征暴歛，官府或貴族出現不少巧取豪奪，累積財富的行徑。當然，他們並不熱中學習漢人語言，可是審案斷獄之時，官員和罪犯言語不通，必須靠兼擅蒙漢雙語的文案令史，或衙役孔目來溝通，這批中介分子的善惡良莠，更直接影響元代的司法判決品質。這種種現象，既直接關係百姓的日常生活，也一再被寫進反映生活的元人雜劇中。而公案劇[1]平反冤情的方式，往往不是依法律判定，而是以「智巧」、「智計」來完成，更凸顯了法律原本就不是全民公平的，只好另覓他途，讓民心得到慰安。

蒙元在馬上得天下，任何動靜都攸關死生，所以除了重武輕文，也重視各種實際有用的事，看重有一技之長的人，政府中用人，除了各種蒙古世襲的制度，可以由個別專長晉用[2]，對儒治漢法或已有僵化趨勢和虛矯意味的科舉與士人，都不在意。元代有七十八年不曾舉行科舉考試，即使停辦前最後一次的元太宗窩闊臺九年（一二三七）選試，嚴格說來也不能算是科舉，當時參加者除了儒生，還有僧、道，一次就錄取四千零三十人，主要目的不是像以往各朝的為國家拔舉人才，而是救濟流離失所、淪為奴籍的儒士，讓他們日後能以「儒戶」的身分，得到和僧、道一樣，豁免某些差役的特權。再次舉行拔舉人才的科舉考試，則要到元仁宗延祐二年（一三一五）了。

行路天地，就必須有所掛搭，傳統讀書人一向走的是「學而優則仕」的路子，把科舉考試當作進身之階，一旦科舉停辦，惶惶不知所措。但從另一個角度看，不必局限讀書做官的歷程，固然若有所失，卻也何嘗不是轉機，不能再依循固定的軌跡，其實有更大的自由。他們必須重新思考、選擇，面對另一種生活方式，也面對自己，主動出擊，尋找可以活下去，以及真正發揮所長的生命之路，元代市井演藝文學，如雜劇發展的臻於高峰，與此密切相關。

二、都市的繁華與市井娛樂

大元帝國因為版圖幅員廣闊，於是大量設置水路驛站，發行便於攜帶的紙鈔，國內外貿易極為發達，都市也跟著繁盛起來，不只元代的首都大都，南方的揚州、杭州、泉州，都是財富和商人聚集與流通的所在。《馬可波羅行紀》紀錄了大都（汗八里）絡繹不絕的商旅往來：

外國巨價異物及百物之輸入此城者，世界諸城無能與比。蓋各人自各地攜物而至，或以獻君王，或以獻宮廷，或以供此廣大之城市，或以獻眾多之男爵騎尉，或以供屯駐附近之大軍。百物輸入之眾，有如川流之不息。……此汗八里大城之周圍，約有城市二百，位置遠近不等。每城皆有商人來此買賣貨物，蓋此城為商業繁盛之城也。[3]

經濟充裕的都市，也支持了各種娛樂場所的發展，《馬可波羅行紀》同章指出：

尚應知者，凡賣笑婦女不居城內，皆居附郭。因附郭之中外國人甚眾，所以此輩娼妓為數亦夥，計有二萬有餘，皆能以纏頭自給，可以想見居民之眾。

當時主要的娛樂場所，即包括樂戶歌妓聚集的青樓、說唱文學敷演故事的書場，和百戲雜陳的勾欄[4]。雜劇除在勾欄這類固定的商業劇場演出，也可在街市通衢或城鎮寬敞熱鬧處演出，稱為「打野呵」，也因此有各種「衝州撞府」巡迴演出的路歧人。最早記錄元代演員的《青樓集》[5]所載，在少數城市活動的著名女演員就有一百十七人，男演員三十五人，可以想見當時全部演員再加上歌妓等，數量應該相當龐大。元代的男女演藝人員和上中下三等妓女，都編列在特殊的戶籍中，稱為樂戶或樂籍。樂籍中的人員統稱「樂人」，必須定時及不定時到官廳集合，並參加迎送官員等儀式，同時隨時被召喚到官府或官員家中承應演出或陪酒吟唱。到官廳稱為「上廳」，集合列隊時，由色藝雙全的妓女站在前列，稱為「行首」，於是「行首」或「上廳行首」成為上等妓女的代稱，也稱「角妓」。奉命到官府承應演出，稱為「喚官身」，遇到喚官身時，自己所屬的勾欄即使有演出，也必須取消，以官府演出為第一優先，若有延誤或表現失職，稱為「失誤官身」，會受到處罰。

市井文學相當興盛的宋代，為因應演出需要，出現了一批為勾欄瓦舍[6]編纂話本、戲曲、曲藝的作家，通稱為「才人」，才人的集團，便稱為「書會」[7]。書會到元代而益盛，就是因為在酒筵歌席上演唱的「散曲」，和勾欄中搬演的「雜劇」，需求量大幅增多，提供失去科舉舞臺的文人大展身手才情，兼可謀生的機會，元曲也就從傳統文人以詩詞吟詠情性的個人世界，轉向面對廣大群眾的多面向光譜。

元成宗元貞、大德年間，離蒙元統一中國已經二十多年，政局相對穩定，經濟更趨繁榮，大都的頻繁演出為書會才人的創作提供了很好的條件。這時，大都比較重要的書會有玉京書會和元貞書會，玉京即大都，關漢卿是玉京書會的重要成員，他和書會內外的朋友們，如白樸、楊顯之、王和卿、梁進之、費君祥、趙公輔、岳伯川、趙子祥等等，成為當時大都文藝創作的主力。元貞書會則有馬致遠、李時中、花李郎、紅字李二等。書會才人既然是為勾欄瓦舍的演出寫作，與演藝人員當然關係密切，如關漢卿等人和當時知名演員朱簾秀，或楊顯之和順時秀，都相當熟悉。而才人和演員一方面會一起合作，像與馬致遠合寫過《黃粱夢》的花李郎、紅字李二就是當時傑出的演員，有時書會才人也粉墨登場，參與演出；而書會才人和在第一線演出的歌妓間，也不乏各種風流韻事。

---

1 公案劇：公案劇為元雜劇的類別之一，主要講述清官斷案的故事，其中又可分為兩種，一是權豪人物欺壓無辜百姓，清官懲治豪強；二是惡人圖財害命或為家庭、財產繼承問題引起爭執，清官為良善之人伸張正義。而劇中的清官大多是宋代的包公。代表作品有關漢卿的《魯齋郎》、《蝴蝶夢》，孟漢卿的《魔合羅》，無名氏的《盆兒鬼》、《陳州糶米》等。

2 元人進入公家機關服務，有宿衛、吏進、儒進等方式；政府又依各種專業，將漢人、南人編為十幾種戶籍，如軍戶、站（驛站）戶、匠戶、儒戶、商賈戶、醫卜戶、僧戶、道戶……等等，讓百姓根據專長，各安生理。

3 A. J. H. Charignon著，馮承鈞譯，《馬可波羅行紀》第九十四章。臺北市：臺灣商務印書館，二〇〇〇年。

4 勾欄：古書中常寫成「勾闌」，原本是指欄杆，後來用以指稱由欄杆圍起的民間遊藝演出場所。之後並可作為舞臺或劇場的代稱。

5 《青樓集》：元代夏庭芝著。《青樓集》大約成書於一三五五年，記述了一百一十多位歌妓、藝人在雜劇、院本、說話、諸宮調、舞蹈、器樂等方面的才能，以及與達官貴人、文人才士來往的事蹟。是研究元代戲曲史及藝人生活的重要史料。

6 瓦舍：宋元時期城市中商業遊藝演出集中的地區，又稱瓦市、瓦肆，或瓦子。每個瓦舍則有數量不等的勾闌。

7 書會：書會原本是讀書的場所，到了南宋就演變為編寫話本、戲曲、曲藝之處，成員有先生、才人、名公、老郎之分，這些不同稱謂都是伎藝人對編纂者的專稱。

關漢卿其人：郎君領袖，浪子班頭

關漢卿是元曲一代魁首，被推崇為「驅梨園領袖，總編修師首，捻雜劇班頭」[1]。他在題名為《不伏老》，敘述自己生平行徑的南呂套曲[2]，就說：

我是個普天下郎君領袖，蓋世界浪子班頭。

郎君，指的是公子哥兒、浮浪子弟，和第二句的「浪子」是同義詞，而班頭也就是領袖的意思。他說自己擅長——

分茶攧竹，打馬藏鬮，通五音六律滑熟。

宋元稱食物為「茶食」，食店（餐廳）為「分茶店」，這裡的分茶，指的是烹調食物。攧竹是指在酒席上行酒令。打馬則是一種遊戲，以銅或象牙做成銅錢大小，共五十四枚，刻上各種良馬的名稱，以骰子擲打來分勝負。藏鬮又稱「藏鉤」，屬於古代的猜拳遊戲之一，玩法是在酒席上以手握著一些東西，如松子之類，來猜數量多少；有時也借用詩詞比喻，來猜手中握的是什麼。五音六律在此泛稱音樂，是說自己精通音樂。本句活脫脫是浪子生活藝術家的樣貌。至於他的生活，則：

> 我翫的是梁園月，飲的是東京酒；賞的是洛陽花，攀的是章臺柳。我也會圍棋、會蹴踘、會打圍、會插科、會歌舞、會吹彈、會嚥作、會吟詩、會雙陸。

梁園是古代名園，在此和下文東京[3]、洛陽，都只是借用，而不是確指其地，是說自己遊名園、飲名都之酒，賞名花；章臺柳則是指歌妓[4]。圍棋、蹴踘、打圍、雙陸[5]，都是當時流行的遊戲活動。插科打諢通常並稱，做一些滑稽的動作，說一些博人一笑的話語。吹彈是演奏樂器，嚥作是歌唱。可以看出關漢卿多才多藝，風流倜儻、滑稽多智，熱情洋溢而不拘禮法。他形容自己是：

> 我是箇蒸不爛、煮不熟、搥不扁、炒不爆、響噹噹一粒銅豌豆。

然而，這樣一位擁抱市井大眾、庶民藝術，元代雜劇最早也最重要的作家，不但史書的《藝文志》、《文苑傳》不曾記載，其他文獻記錄也非常少。有關他的姓名、籍貫、生平，不但資料如鳳毛麟角，而且說法不一，經過學者們數百年的爬梳研究，研究者還是諸多臆測，眾說紛紜。雖然我們對現實生活中的關漢卿，只能從少數且錯雜的資料中，勾勒他大致的面貌；但從當時社會文化環境，他與同時代人的交往，以及他大量的作品中，我們還是可以認識並理解身為作家的關漢卿。

有關他的姓名籍貫，大多數的研究者大致接受的是：

關漢卿，號已齋叟，大都人。

姓關，是唯一沒有爭議的，而且他的作品大多以女性人物為主角，至於少數以男性為主角的劇本中，包括了描述關公的《關大王獨赴單刀會》，想必是向同姓祖先關羽致敬吧。

至於「漢卿」是名或是字，則並不確定[6]，古人常以「字」來彼此稱呼或記錄，如同時代寫《西廂記》的作家王實甫，本名「德信」，不過多半的人都習慣以他的字「實甫」相稱。不論是名或字，作家「關漢卿」在當時或後代，都以這個稱呼行於天下，而且等同於「傑出作家」的代稱，成為大家嚮慕的對象。最早記錄元代雜劇作家作品的元代鍾嗣成《錄鬼簿》，提到寫過《魔合羅》雜劇的作家孟漢卿時，就說他和聲名遠播的前輩關漢卿「表字相同亦漢卿」。至於孟漢卿是仰慕關漢卿，所以取同樣的「字」，還是全屬偶合，雖然並不清楚，但時代稍後於關，擅寫水滸雜劇的高文秀，就被稱為「小漢卿」；而出身杭州的作家沈和，是南方曲壇的重要人物，因蒙元時北方人習慣稱南方人「蠻子」，沈和就被暱稱為「蠻子漢卿」，意思是「南方的關漢卿」。可見關漢卿果然是「姓名香四大神洲」[7]。

關漢卿的號「已齋叟」，也有部分書籍抄寫或印成「乙齋」或「一齋」，究竟是他同時有幾個號，或是因為聲音相近，以致當時或後代記錄時發生錯誤，也無法確知。

至於他的籍貫故里，有兩個不同系列的說法，一是大都，一是解州。大都系列，又包括幾種說法：《錄鬼簿》和明代《堯山堂外紀》[8]都說是大都；明《析津志》[9]說是燕人，又說是蒲陰人；清乾隆《祁州志》[10]則說是祁州。根據考證，元代的大都就是現在的北京，遼時稱為「析津府」，宋宣和五年改稱「燕山府」，金天會元年，又恢復舊名，仍稱「析津府」；所以燕山府、析津府，指的都是大都。至於祁州也就是蒲陰，元時是大都的屬地，所以雖然有幾種不同名稱，其實都歸屬於「大都」，只是其間有廣義和狹義的分別。

有關「解州」派的說法，則是元末明初學者朱右在《元史補遺》中記錄的。經各家學者研究，提出了一些問題：關羽是河東（今山西）解州人，關漢卿對關羽是僅止於心理上的認同？或祖籍會不會和解州有關？而解州在元代歸屬於平陽路，是元雜劇的發祥地之一，身為早期雜劇作家的關漢卿，和解州是否有淵源？關漢卿現存的雜劇中，就有許多與山西相關的場景，在劇本已佚的現存劇目中，可判斷與山西相關的也有十種以上，而從其作品中，也發現了解州特有的方言[11]。

關漢卿究竟是哪裡人，在目前的研究中，還是難以確定。

討論關漢卿時，還有一個必須處理的問題，就是《錄鬼簿》中提到他曾任「太醫院尹」，但後代陸續發現的《錄鬼簿》版本[12]，都作「太醫院戶」。事實上，金、元兩代都沒有太醫院尹的官職，倒是有醫戶的存在。醫戶則是元代一種特殊戶籍，屬太醫院管理，如果家中有人行醫，編入醫戶，其子弟不管是否通醫術，仍屬醫戶，元代初期還可免除某些徭役或賦稅。不過元太祖至元八年（一二七一）公布了新的政令，如果醫戶子弟不再學醫，就轉為和一般民戶一樣，不再減免雜差。有關關漢卿籍貫的各種說法中的祁州，從宋代以來就是大江以北各種藥材的集散地，被稱為「藥都」，也許關家有長輩曾擔任醫士，或經辦藥材，曾被列為醫戶，不過關漢卿的作品中，不論劇曲或散曲，都不曾特別對醫藥一事多加著墨。

關漢卿的生卒年代，也無法確定，只能從他交遊的朋友，和他自己的某些行跡中年代可以確定的，來推知他大致生於十三世紀二〇年代後期或金代末期，卒於十三世紀末或十四世紀初。

關漢卿與玉京書會的活動，主要是在大都，他們會彼此討論作品，交換看法，關漢卿的莫逆之交楊顯之[13]，就因經常提出修改意見，被暱稱為「楊補丁」。有一回，大都街市出現了一隻大蝴蝶，大夥兒都想作曲吟詠，而每每和關漢卿相互調笑的王和卿[14]快手寫下【醉中天】一首：

> 彈破莊周夢，兩翅架東風。三百座名園一采箇空。難道風流種，唬殺尋芳的蜜蜂。輕輕的飛動，把賣花人搧過橋東。

因為成曲快，又貼切有趣，據說關漢卿索性罷筆不寫了。

明代臧晉叔《元曲選．序》提到「關漢卿輩爭挾長技自見，躬踐排場，面傅粉墨，以為我家生活，偶倡優而不辭」，書會才人本就常有機會參加演出，也許關漢卿也曾親自粉墨登場。

元滅南宋，統一中國後，關漢卿的足跡也南下到杭州、揚州等地。他到杭州時，就被「縱有丹青下不得筆」的景色感動，寫下南呂套曲《杭州景》，也讓我們明確的知道關漢卿的行跡。套曲由第一支曲子【一枝花】開篇即曰：

普天下錦繡鄉，寰海內風流地。大元朝新附國，亡宋家舊華夷。水秀山奇，一到處堪遊戲。這答兒忒富貴，滿城中繡幕風簾，一鬨地人煙湊集。

接下來的曲詞陸續描寫了杭州風物，久慣北方景色的關漢卿，來到江南，想必也覺得一新耳目吧。《元刊雜劇三十種》是現存唯一的元代刊本雜劇選集，收錄了四本關漢卿的作品，其中《關大王單刀會》題為「古杭新刊」。「新刊」可以是「全新刊行」，也可以是「重新刊行」，所以雖然不能像有些學者推測的，該劇在杭州完成，但至少代表關漢卿的劇本已流傳到南方，並曾在杭州刊行，關漢卿在杭州時，和當地的戲曲界間，可以推測是有往來的。

關漢卿到揚州，則留下著名的南呂套曲《贈珠簾秀》。

珠簾秀，本性朱，排行第四，珠簾秀是她的藝名。她是元代極為重要的女演員，兼擅演出男性角色的「末」，和女性角色的「旦」，能扮演各種人物，元代的一些書籍記錄，都稱她「姿容姝麗」，「雜劇當今獨步」[15]。她和當時的名公、文人，如胡祇遹（紫山）、王惲（秋澗）、盧摯（疏齋）、馮子振（海粟）、關漢卿都有往來，也彼此有詩贈答，她不僅能賦詩，會寫散曲，還出過詩集。王惲的詩中稱他為「洛姝」[16]，即洛陽女子，所以有人推斷她可能原籍洛陽；她在劇壇享盛名是在揚州，和上述諸人交往也在揚州[17]，王惲《贈珠簾秀》【浣溪沙】說她「煙花南部舊知名」，關漢卿《贈珠簾秀》南呂套曲也說「十里揚州風物妍，出落著神仙」。

關漢卿最有名的劇本《竇娥冤》，是以揚州為背景來寫作的，因關漢卿的劇本通常以所到地區為劇本發生地點，且結合當地人物、事件，許多學者都認為本劇是關漢卿晚年在揚州完成的，即使不是寫於揚州，該劇和揚州仍然關係密切，並可根據史實資料，推定其寫作年代。劇中提到竇天章擔任肅政廉訪使到揚州複審案件，而元代提刑按察使改為肅政廉訪使的時間是至元二十八年（一二九一），江北淮東肅政廉訪司由淮安遷往揚州的時間則是至元二十九年，所以本劇的寫作，一定在此之後。而學者考證出元成宗大德元年到三年（一二九七～一二九九）之間，揚州、淮安確曾發生旱災[18]，若與劇中「亢旱三年」連結起來，寫作時間可能在一二九九年之後了。不過，根據《錄鬼簿》的內容，和《錄鬼簿》將關漢卿列為「前輩已死名公才人」，該劇完成的時間也不至於太晚，推測在一三〇〇年前後。

因為關漢卿的資料實在太少，閱聽者總覺得有些缺憾，後人稱關漢卿「生而倜儻，博學能文，滑稽多智，蘊藉風流，為一時之冠」，而關漢卿和珠簾秀的相識，又似乎可以大做文章，於是一九五八年田漢創作劇本《關漢卿》時，安排了關、朱二人在大都相知相惜，且因創作和演出《竇娥冤》受到迫害，並聯袂南下，這當然是虛構的情節。《關漢卿》除了話劇演出，又被改成粵劇、崑劇等戲曲演出，一時間影響甚大。謝美生《悠悠寫戲情：關漢卿傳》，更以小說筆法，根據田漢作品，進一步採取「關燦」的身分，設定關漢卿和珠簾秀是青梅竹馬，因時代環境所迫，幾度離合，同時挪用關漢卿的劇本，重新架構了一個關漢卿生平，閱讀時，當然必須先分辨小說的虛構與想像，以免誤以為真，那就更添迷霧了。

一代有一代之文學，而每個時代的代表文學，品類、形式、內容、風格，也都面貌各異，唐詩、宋詞、元曲可謂鼎足而三。元曲又可分散曲和雜劇，元代有些作家專寫散曲，有些作家專寫雜劇，多半的作家則同時涉足散曲、雜劇，關漢卿也是兩者兼擅，以下分別介紹散曲和雜劇的特質，並論述關漢卿在這兩方面的成就。

1 元代鍾嗣成《錄鬼簿》所錄賈仲明【凌波仙】弔詞。

2 南呂套曲：「南呂」為樂律名。古樂分十二律，陰陽各六律，南呂為陰六之一，風格感歎傷悲。由同一宮調的若干曲子組成的，即稱為「套數」或「套曲」。

3 漢、隋、唐都以洛陽為東京，宋以汴梁為東京，元代則以遼陽為東京，在此只是借為「名都」之義。

4 延伸閱讀，請參閱唐代許堯佐《章臺柳傳》。

5 圍棋，目前仍然流行，以黑子一百八十一枚、白子一百八十枚，在縱橫各十九道線的棋枰上對奕的雙人比賽。蹴踘是宋元流行的踢毬比賽，和今天的足球非常類似，目前日本的傳統活動還保有蹴踘，每年過年，京都下鴨神社還會有「蹴踘始」的迎接新年儀式。打圍，是設圍場來打獵。雙陸是金元流行的棋戲。

6 記錄關漢卿的較早文獻中，元代鍾嗣成《錄鬼簿》只說「關漢卿」，沒有說明是名或字，明代《永樂大典》、《析津志》則記錄「字漢卿」。一九八八年，張月中提出關漢卿名「燦」的說法，但論據仍有不足之處，無法成為定論。有興趣可延伸閱讀：張月中〈關漢卿叢考〉、《關漢卿研究新論》，和徐子方《關漢卿研究》，頁二七～三一。

7 元代鍾嗣成《錄鬼簿》所錄賈仲明【凌波仙】弔詞。

8 《堯山堂外紀》：明代蔣一葵著。《堯山堂外紀》為紀傳體通史，上自黃帝、下至明初，附錄有秦代至元代的歷史評價。

9 《析津志》：元代熊夢祥著。「析津」即是元大都（今北京市），書中對城池、坊巷、官署、廟宇、人物、風俗、學校等都有詳細的記載，為當地最早的地方志。但原書已亡佚，後人只能從《永樂大典》中整理出遺文。

10 清錢隆二十年羅以桂纂修《祁州志》。

11 王雪樵〈「為關漢卿祖籍河東說」援一例〉，《戲曲研究》第八輯。

12 天一閣藏書樓收藏的明代藍格鈔本、明代鈔說集本，和明代孟稱舜刊《酹江集》附《錄鬼簿》殘本，都作「太醫院戶」，這些都是比較早和比較好的版本，應該比較可靠。

13 楊顯之：大都（今北京）人，生卒年不詳，約與關漢卿同期，兩人為莫逆之交，在劇壇被尊為長輩。所作雜劇八種，題材取自現實生活和民間故事，風格與關漢卿相近，現存《鄭孔目風雪酷寒亭》和《臨江驛瀟湘秋夜雨》兩種。

14 王和卿：大名（今屬河北省）人，生卒年不詳，為人滑稽佻達，常與關漢卿互相譏謔。作品有俗謠俚曲色彩，現存散曲小令二十一首，套曲一首，最著名的是小令【醉中天‧詠大蝴蝶】。

15 如夏庭芝《青樓集》說她「雜劇為當今獨步，駕頭、花旦、軟末泥等，悉造奇妙」。陶宗儀《輟耕錄》說她「姿容殊麗，雜劇當今獨步」。胡祗遹《紫山大全集》有多篇文章談到她的姿容和技藝，當時也有許多詩作和散曲論及她的容色和精湛技藝。她的徒弟如燕山秀、賽簾秀，也是當時雜劇演員的佼佼者。

16 王惲〈題珠簾秀序後〉：「七竅生香詠洛姝」，《秋澗先生大全文集》卷二十一。

17 如，至元二十六年冬到二十七年春（一二八九～一二九〇），胡祗遹出任江南浙西道提刑按察使，王惲出任福建閩海道提刑按察使，二人同行，經過揚州，得識珠簾秀。

18 徐沁君〈《竇娥冤》三考〉，《關漢卿研究精華》。石家莊市：花山文藝出版社，一九九〇年。

貳——散曲

關於散曲

詩以齊言為主，不論四言詩、五言詩、六言詩，七言詩，總是字句整齊，兩兩相對，有如寬廣的長安大道，沉穩凝重。詞與曲，則經常由長短不一的句子組成，而且單式句（每句字數為單數）與雙式句（每句字數為偶數）交雜，像線條流動的雲牆飛簷，淹然百媚。各舉一例如下：

眾鳥高飛盡，孤雲獨去閒。相看兩不厭，祇有敬亭山。（李白，〈獨坐敬亭山〉）

春庭月午，搖蕩香醪光欲舞。步轉迴廊，半落梅花婉娩香。

輕煙薄霧，總是少年行樂處，不似秋光，只與離人照斷腸。（蘇軾，〈減字木蘭花〉）

舊酒沒，新醅潑，老瓦盆邊笑呵呵。共山僧野叟閒吟和。他出一對雞，我出一箇鵝，閒快活。（關漢卿，【南呂．四塊玉】〈閒適〉四之二）

可以明顯看出詩莊、詞媚、曲活潑的不同情味。

詞和曲都是配合樂器伴奏演唱的歌曲，每首詞、曲都有固定的格式，稱為詞牌及曲牌，如例子中的〈減字木蘭花〉、【四塊玉】，規定了每首詞、曲的句數、每句的字數、音樂、押韻和平仄。平仄是配合音樂旋律而定，通常樂音較高的地方會要求填平聲字，較低的地方，要求填仄聲字，以力求語言旋律和音樂旋律相互配合。每首詞或曲，也有各自的音樂「聲情」，有的活潑、有的歡快、有的哀傷，因此選擇詞牌或曲牌時，要考慮要寫的內容是什麼，注意文詞的「詞情」和音樂的「曲情」緊密連結，而避免發生以哀傷的曲調寫及唱愉悅的內容，或以雄壯的曲調寫及唱婉轉纏綿的深情這種不合適的狀況。

當然，詞與曲也有許多不同的地方。學者鄭騫曾經形容，詞和曲的內容風格，都比較缺少莊嚴厚重雄峻，「他們都只能作少爺而不能作老爺。所不同者：詞是翩翩佳公子，曲則多少有點惡少氣味」[1]。

詩與詞，都講究要溫柔敦厚，措辭含蓄，寫時強調集中、均衡、美化，避免粗率、重複，曲則反其道而行。像上舉關漢卿【四塊玉】的例子，就非常直白的將「笑呵呵」、「一對雞」，「一箇鵝」，這種詩詞中不會出現的話語寫出來。詩詞中忌諱的重複，在曲中反而成了玩笑意味濃厚的特技表演。如，全篇的押韻只用同一個字：

春來時香雪梨花會，夏來時雲錦荷花會，秋來時霜露黃花會，冬來時風月梅花會。春夏與秋冬，四時皆佳會。主人此意誰能會。（張養浩，【塞鴻秋】）

不但放進春夏秋冬，也會放進金木水火土，或鑲進同樣的字，如下例的「春」：

金釵影搖春燕斜，木杪生春葉。水塘春始波，火候春始熱。土牛兒載將春到也。（貫雲石，【清江引】）

也常有上一句最後一字和下一句第一個字相同的「頂真」用法：

斷腸人寄斷腸詞，詞寫心間事，事到頭來不由自。自尋思，思量往日真誠志，志誠是有，有情誰似？似俺那人兒？（無名氏，【小桃紅】）

元曲活潑自在，佻達奔放，和以往詩和詞的字字推敲，已經大不相同了。甚至，在固定的曲牌規格中，也可尋求突破。為使曲意更明朗，形式更變幻多姿，還可在不影響音樂腔格的情況下加上「襯字」。如【四塊玉】最後三句的字數原本是三三三，關漢卿另一首【四塊玉】寫的是「日月長，天地闊，閒快活」，這是「正格」。但上舉例子，他寫成「他出一對雞，我出一箇鵝，閒快活」，其中「一對」、「一箇」，就是襯字。另有一首則寫成「賢的是他、愚的是我，爭什麼」，前兩句的「的」，也是襯字。只要演唱時不影響音樂節奏，是可以插入一些字，特別是虛字的，這使元曲寫作的變化跨度更大了，不論形式、內容、風格，都開創了有別於詩詞的美感經驗範疇。

散曲分為小令和散套兩大類。單獨的一支曲子，通常稱為「隻曲」，因為篇幅短小，習稱「小令」，前舉【四塊玉】、【塞鴻秋】、【清江引】、【小桃紅】皆是。如果一支曲子，沒辦法完全表達自己想寫的內容，也可連用同一宮調、音律可以銜接的兩支或三支曲子，成為約定俗成的用法，稱為「帶過曲」，如正宮【脫布衫】帶【小梁州】，或南呂【罵玉郎】帶【感皇恩】、【採茶歌】，但最多止於三曲，再多，就索性寫成散套了。小令曲不盡意時，就可把同一宮調中的若干曲子，以組曲的方式，結合成曲牌聯套，稱為「套曲」（或稱「套數」），在散曲中稱「散套」，在劇曲中稱「劇套」。

曲既是配合樂器伴奏演唱，也就有一定的調高，稱為「宮調」，大致相當於西方音樂的A大調、B大調、C大調等。中國宮調的形成和來源，也是眾說紛紜，一般認為，是以六律六呂[2]和七音旋宮[3]而成。六律（黃鐘、太簇、姑洗、蕤賓、夷則、無射）六呂（大呂、夾鐘、仲呂、林鐘、南呂、應鐘）是古代審定音律高低的吹管名稱，每個吹管長度不同，吹出來的音高也不一樣。七音就是宮、商、角、變徵、徵、羽、變宮，相當於西方音樂的Do、Re、Mi、Fa、Sol、La、Si。如果每個律管都可當作宮音來演奏，在理論上，十二（六律六呂）與七（七音）相乘可有八十四調，但一來在旋宮（相乘）的過程中，有些調高是重複的，再者，人的耳朵也無法辨析得那麼敏銳清楚，到唐朝時，經常使用的只有二十八調，而元代常用的只有十七個宮調。每個曲牌歸屬不同宮調，每個宮調包含眾多曲牌，如果把同一宮調或音律可相通的某些曲子組合成套，就成為比小令、帶過曲篇幅長的套數，除了抒情寫志，更宜於寫景、敘事。

曲在音樂上又可分北曲、南曲，不過，關漢卿雖曾南下，他的作品不論散曲、劇曲，都是北曲。

元代散曲還有一項重要的殊異之處必須注意。元曲的寫作，有一大部分是書會才人寫給演員或歌妓在青樓、酒席筵前及劇場演唱的，這和早期的詞相似，「舒纖纖之素手，遞葉葉之花箋」，和當今的流行歌曲一樣，遍及餐廳秀和歌舞秀，所以元人散曲，固然有許多是作者自己詠志書懷，和作者密切相關；但有相當一大部分只是代人寫作，提供作品供人演唱，特別是涉及男女情愛，或男作家以女子口吻寫作的閨怨、閨思部分，讀曲時必須考慮到，作者寫作時固然有所感而發，但未必是作者自身的事情，不必也不宜對號入座，把所有內容都投射到作者身上。關漢卿是當時煙花路上極受歡迎的作家，他的作品想必是當時流行排行榜的巨擘，可能更要謹慎，未必要將每一首曲子或每句曲詞，都刻意和他自身緊密連結。

1 鄭騫〈詞曲的特質〉，《景午叢編》。臺北市：臺灣中華書局，一九七二年。

2 六律六呂：從低到高依次為：黃鐘→大呂→太簇→夾鐘→姑洗→仲呂→蕤賓→林鐘→夷則→南呂→無射→應鐘。十二律中，將奇數六律稱為「陽律」，又稱「六律」；偶數六律稱為「陰律」，又稱「六呂」。

3 旋宮：中國古代樂理術語，指宮音在十二律上的位置有所移動。

關漢卿的散曲

關漢卿存留至今的散曲，大約是套曲十三、殘套二、小令五十七，因有些作品很難確定是否關漢卿所作，所以各家學者意見不一，所認為的總數量也稍有增減。元代散曲名家貫雲石在〈《陽春白雪》序〉稱關漢卿的散曲「造語妖嬈，適如少美臨盃，使人不忍對殢」，的確，比起關漢卿光芒萬丈的戲曲作品，他的散曲以婉麗之筆寫男女之情的分量較多，卻也不乏豪辣灝爛的本色作品。依其作品內容，可分幾個類別討論。

一、描寫自我

介紹關漢卿生平時，已提到他的南呂套曲《不伏老》，這是他寫來最淋漓痛快的散曲，下文賞析部分，還會再度談到。他除了以一氣呵成的筆法，寫了自己「一世裡眠花臥柳」，「伴的是銀箏女銀臺前理銀箏笑倚銀屏，伴的是玉天仙攜玉手並玉肩同登玉樓，伴的是金釵客歌《金縷》捧金樽滿泛金甌。」也提到在人生路上曾碰到種種困境，「經籠罩、受索網」，如今修練成一隻「蒼翎毛老野雞」，即使受到「窩弓冷箭鑞鎗頭」的暗算，也絕不「落人後」。同樣描述自己的大石調套曲《騁懷》，也是說自己「花月酒家樓，可追歡亦可悲秋」。即使遇到「慕新思舊，簪遺珮解，鏡破釵分，蜂妬蝶羞。惡緣難救，痼疾常發，業貫將盈……」等等挫折，也「混戰無憂」，不會落入他人奸險的圈套中，「展放征旗任誰走，廟算神謨必應口。一管筆在手，敢搦孫吳兵鬥」。只要有筆在手，什麼都敢挑戰，他的執拗倔強，鏗鏘如金石的字句，就像他自稱的「銅豌豆」。

二、描寫市井女藝人

在這樣翫府遊州，「是個錦陣花營都帥頭」時，關漢卿見過不少市井女藝人，這些人物除了出現在他的雜劇中，也在散曲中登場。他的《贈珠簾秀》南呂套曲，就巧妙的從「珠簾秀」的名字入手，以詠物的手法來寫人，一開始以「輕裁蝦萬鬚，巧織珠千串。金鉤光錯落，繡帶舞蹁躚」描摩珠簾繡帶，「搖四壁翡翠濃陰，射萬瓦琉璃色淺」，色彩華麗，豔光四射，句句寫物，也句句寫人。除了名享劇壇的女演員，關漢卿還以越調套曲《女校尉》和《蹴踘》寫了民間表演蹴踘的女子。前已提過，蹴踘是宋元流行的運動，宋時就有專門研究、表演蹴踘的社團「圓社」，擔任蹴踘的女性技藝人稱為「女校尉」。關漢卿曾強調自己會蹴踘，而其曲中一再描述女校尉，元代「謝館秦樓」，「演習得踢打溫柔，施逞得解數滑熟」的女性蹴踘表演，想必是極受歡迎的節目。三人一隊，兩隊競技，除了「換步那[1]蹤，趨前退後，側腳傍行，垂肩嚲袖」，還有「款側金蓮，微那玉體，唐裙輕蕩，繡帶斜飄，舞袖低垂」，關漢卿並仔細描寫了比賽時的站位、腳法、花招，以及女性的形體神情，除了運動爭勝，又多了幾分媚態嬌姿。

三、男女情愛

關漢卿現存散曲中，數量最多的是男女情愛的主題，可能大部分是為當時青樓歌場傳唱所作，面貌極為豐富。有少女懷春、有兩情相悅、有別離相思，更有大膽的風情調笑；寫法更是多采多姿，有的纏綿婉約，有的俏皮可愛，有的潑辣恣肆，不論哪種寫法，在用語和情感的表達方式，和詩詞是大相逕庭的。如：

自送別，心難捨，一點相思幾時絕？憑闌袖拂楊花雪。溪又斜，山又遮，人去也。（【南呂・四塊玉】〈別情〉）

雖然文詞清麗，但文氣流暢，尤其最後三句一洩而下，有萬事皆休，無法挽回的哀傷。寫離別後的相思，如：

子規啼，不如歸，道是春歸人未歸。幾日添憔悴，虛飃飃柳絮飛。一春魚雁無消息，則見雙燕鬥銜泥。（【雙調．大德歌】〈春〉）

俏冤家，在天涯，偏那裡綠楊堪繫馬。困坐南窗下，數對清風想念他。蛾眉淡了教誰畫？瘦巖巖羞帶石榴花。（【雙調．大德歌】〈夏〉）

不只用語清新妍麗，也刻畫了女子的心理和情態。更樸實白描的，還有寫晚上與情人約會，情人遲到，不安等待後，驀見情人出現：

我這裡覓他，喚他，哎！女孩兒，果然道色膽天來大，懷兒裡摟抱著俏冤家，搵香腮巧語低低話。（【雙調．七弟兄】）

以及不見情人時的懷疑、埋怨，如：

他何處，共誰人攜手，小閣銀瓶殢歌酒。早忘了咒，不記得，低低耨。（【仙呂・上京馬】〈閨怨〉）

多情多緒小冤家，迤逗得人來憔悴煞，說來的話先瞞過咱。怎知他，一半兒真實一半兒假。（【仙呂・一半兒】〈題情〉四之四）

都是字句明白顯豁，意味留有餘韻，直逼民歌，不愧是當時受歡迎的流行歌詞。

有些學者將關漢卿推為反對元代社會或政治的代表人物，面對他的散曲，特別是相思閨情的曲子，往往不知所措，加上又將每一首曲子當成關漢卿的自我寫照，於是或者不喜歡關的散曲，或者將關的散曲與劇曲截然二分，不免是閱聽者把自己的期待硬加在作者的頭上吧。若一定要說「反抗」，關漢卿直面人與人情感的本質，誠實的寫出彼此的悅慕，又何嘗不是直接戳破某些流於虛矯的「偽情」呢。關漢卿作品的特色之一，是保持內容與文字的本然面目，也就是本色，讀者最好也不要有先入為主的臆測，而是胸無芥蒂，和關漢卿素面相見，才得親近他的本然面目。

四、敍事

身為書會才人，為演唱者寫作，除了抒情，也會填寫說唱故事的曲子。這方面，關漢卿就留有以【仙呂．普天樂】十六首寫的《崔張十六事》，講述崔鶯鶯和張君瑞的故事。散曲抒情寫景敘事時，除了單支的小令可以重複同一首曲子若干次，如《崔張十六事》的寫法；也可以組合同一宮調的不同曲牌成為散套。如果講述的故事太長，也可以配合故事情節的轉折，多用幾個宮調，這就是「諸宮調」，「諸」是複數的指稱，「諸宮調」就是好幾個宮調的意思。崔張的故事自唐代元稹完成《會真記》[2]以來，民間就喜聞樂道，改寫成不同體裁形式來表演傳述，宋代有趙令時改成「鼓子詞」[3]方式講唱，金代則有董解元的《西廂記》諸宮調，元代更有王實甫的雜劇《西廂記》，雖然有人主張關漢卿曾經參與雜劇《西廂記》的說法，並未被完全接受，但關漢卿倒也沒放過這個題材。除了崔鶯鶯和張君瑞，關漢卿也寫了李亞仙和鄭元和，以及蘇卿、雙漸和馮魁的三角戀愛，這些都是當時講唱和戲劇中流行的戀愛題材，諸宮調和雜劇篇幅大，演出時間和規模都比較複雜，以散曲敘述，簡明扼要，反而很適合在酒席筵前演唱。

五、時令景物

不論在某處居停久住，或四處旅遊，時空的變遷從來就是作者迸發靈感的重要來源。關漢卿也有許多關於時令景物的作品。他歌詠時空環境，常是景中有情，情中有景，情境交融。如：

四時春富貴，萬物酒風流。澄澄水如藍，灼灼花如繡。（【正宮．白鶴子】四之一）

乍涼時候，西風透。碧梧脫葉，餘暑纔收。香生鳳口，簾垂玉鉤，小院深閒清晝。清幽，聽聲聲蟬噪柳梢頭。（【仙呂．六么遍】〈閨怨〉）

雪粉華，舞梨花，再不見煙村四五家。密灑堪圖畫，看疏林噪晚鴉。黃蘆掩映清江下，斜纜著釣魚艖。（【雙調．大德歌】六之五）

第一首寫春日，悠閒雅麗，用字含斂，而水色澄和、百花爭妍，俱在眼前，好一派天地有情、歲月靜好的景象。次首寫夏秋之間，流年暗中偷換，蟬聲如飛瀑，靜後反添清幽。第三首細雪紛紛揚揚，如風舞梨花，清江畔黃蘆釣艖，堪圖堪畫。至於寫景最著名的，當然是他到杭州時寫的南呂套曲《杭州景》，如其中【梁州】一曲：

百十里街衢整齊，萬餘家樓閣參差，並無半答兒閒田地。松軒竹徑，藥圃花蹊，茶園稻陌，竹塢梅溪。一陀兒一句詩題，行一步扇面屏幃。西鹽場便似一帶瓊瑤，吳山色千疊翡翠。兀良，望錢塘江萬頃玻璃。更有清溪綠水，畫船兒來往閒遊戲。浙江亭緊相對，相對著險嶺高峰長怪石，堪羨堪題。

杭州在一二七六年被元兵攻下時，並沒有太大破壞，保持了勝美的景物和繁華的市容，關漢卿充滿讚歎欣喜的記錄了當時的景物，宛如一幅天朗氣清的繪卷。

六、隱居閒適

再如何浪蕩風流，時光的流逝和催逼終究是無法逃脫的，《不伏老》也出現了「恰不道人到中年萬事休」的字句，面對時移世換，關漢卿傾訴了跳出紅塵，擺脫名韁利索，回到田園自然的嚮往。【雙調．大德歌】六之五所述，正是他寫這類曲子的心境：

吹一個，彈一個，唱新行大德歌。快活休張羅，想人生能幾何？十分淡薄隨緣過，得磨陀處且磨陀。

元成宗在一二九七年將年號從元貞改為大德，有人推論【大德歌】是大德年間新出的曲牌，也許關漢卿那時還活著並仍從事寫作，也應該是關漢卿晚年；也有學者提出反駁意見，認為【大德歌】是道家的曲子，和年號無關。不過不論是晚年或道家曲，都代表這時的關漢卿已經不再興致勃勃的眠花臥柳，張羅快活，爭勝鬥奇，而是轉為「淡薄隨緣」了。他寫「閒適」的【四塊玉】也可見一斑：

意馬收，心猿鎖，跳出紅塵惡風波，槐陰午夢誰驚破？離了利名場，鑽入安樂窩，閒快活！（【南呂．四塊玉】〈閒適〉四之三）

適意行，安心坐，渴時飲饑時餐醉時歌，困來時就向莎茵臥。日月長，天地闊，閒快活！

（【南呂．四塊玉】〈閒適〉四之一）

行路天地，就不免有許多紅塵的紛擾，如今將紛亂的心思收束，管什麼「占排場風月功名首」、「錦陣花營都帥頭」，都已經無所謂了，「渴時飲、饑時餐、醉時歌」才是「日月長，天地闊」最素樸的幸福。中國人歸隱的象徵符號——陶淵明，也幾度出現在他這一類的曲子中。過了極為熱鬧的一生，關漢卿也領悟了「且休提，誰是非」，萬緣放下：

烏兔相催，日月走東西。人生別離，白髮故人稀。不停閒歲月疾，光陰似駒過隙。君莫癡，休爭名利。幸有幾杯，且不如花前醉。（【雙調．碧玉簫】）

---

1 所引「那」踪、微「那」，都與「挪」字通用。

2《會真記》：又名《鶯鶯傳》，為唐朝詩人元稹所寫的傳奇。《會真記》的故事是寫張生與崔鶯鶯在紅娘的幫忙下，相約在西廂約會，但最後崔鶯鶯被張生遺棄，兩人各自嫁娶。

3 鼓子詞：為宋代的說唱藝術之一，因以鼓伴奏而得名。最早是流行於民間歌曲，後來引起文人士大夫的興趣，開始創作相關作品。一開始的形式比較簡單，由一個至三個同宮調的相同曲調組成，並反覆多次。表演形式有只唱不說、唱中夾說兩種，多半由一人主唱兼講說，其他人作為歌伴合唱兼伴奏。

經典賞析

元代的散曲，是當時的流行歌曲，通常在演出場所或酒席筵前演唱，著重其「出乎口，入乎耳」，不論文詞清麗婉媚或豪俊放獷，只要唱出來，必須讓飽學之士和包括婦女兒童的庶民百姓都能一聽就當下明白。關漢卿長期創作劇本，和演藝工作者非常熟悉，他的散曲也掌握了民間歌曲的特質，以自然為主，絕不刻意雕琢，而是讓曲文的情感很自在的從心中汩汩流出。

一、小令

小令是個別的單曲，篇幅較為短小。本節選錄八首，內容涵括可能為歌場傳唱而創作、以女子口吻描繪男女情懷三首，與女藝人間的調謔一首，寫時令景色兩首，以閒適為題兩首。行文用語有的嫵媚纏綿，有的調笑謔浪，有的清朗俊雅，有的放獷瀟灑，呈現了關漢卿生活的不同樣貌與作品的多樣風格。

1.【南呂・四塊玉】〈別情〉

自送別，心難捨，一點相思幾時絕？憑闌[1]袖拂楊花雪。溪又斜，山又遮，人去也！

[1] 憑闌：憑，靠；闌，欄，欄杆之意。指靠著欄杆。

【賞析】

人生最苦是別離，死別固然不堪，生離也自難捨，思念的情緒像江水滔滔，無法斷絕，而在此用問句「幾時絕」？什麼時候可以終止？似乎說這份想念是可以停歇的，只是時間問題，但其實就像春花秋月何時了，提問只是反襯一筆，更加強了其「不可能」的沉重與哀傷。這種時候，在屋裡是坐不住的，靠著欄杆遠眺，只見春日的柳絮如雪花般濛濛紛飛的隨風飄落，拿袖子去拂，卻怎麼也拂不清，就像自己腮邊的淚，心中的愁。放眼望去，想追索伊人行跡，目光由近及遠，路隨溪走，溪又彎彎曲曲，若隱若現，終於消失在群山之中，而人早已離去無蹤了，真箇是平蕪盡處是春山，行人更在春山外。

這首小令蘊藉有味，卻又和詩、詞風格不同，有「曲」較為顯豁的特質，尤其是最後三個三字句，節奏流暢，有上一句催著下一句的意味。溪山相阻，天地無情，感傷和絕望澎湃而下，再以助詞「也」字作結，特別有一種無可挽回、萬事皆休的歎息。

2.【雙調．沉醉東風】五之一

咫尺[1]的天南地北，霎時間月缺花飛。手執著餞行杯，眼閣[2]著別離淚。剛道得聲「保重將息[3]」，痛煞煞教人捨不得。好去者望前程萬里！

---

[1] 咫尺：周代時，八吋稱為咫，咫尺是指很近的距離，本句則是說原本近在眼前，一分別就各自天南地北，相距遙遠。

[2] 閣：同擱。

[3] 將息：養息，調養身體。

【賞析】

寫曲時，是先決定宮調、曲牌，也就是音樂的格式，再依照曲牌格式填詞，常常不再另定題目，聽者直接根據曲文了解內容。本曲也沒有特別的題名，是系列作品五首中的第一首。

關漢卿散曲中有許多男女情愛的主題，多半是為了提供當時青樓歌妓傳唱所需，就像現在流行歌曲的作詞者寫給歌手演唱。這首曲子寫的是餞別的場景。兩人原本隨時見面，感覺距離很近，心情也歡樂愉快，一如花好月圓。一旦遠別，馬上就像各自在天南地北，心情黯淡下來，彷彿月也缺了，花也落了。席間，一邊拿著餞行的酒，一邊淚汪汪的，才說了一聲「要保重啊」，就心痛萬分，只能祝福一路好走，前程萬里。

本曲採用質樸白描的語句，唱出惜別的傷懷，也具體的描繪了生動的景象。

3.【仙呂・一半兒】〈題情〉（四之二）

碧紗窗外靜無人，跪在床前忙要親。罵了個負心[1]回轉身。雖是我話兒嗔[2]，一半兒推辭一半兒肯。

[1] 負心：在此等同於昧良心的，有點懊惱有點撒嬌，親暱的罵人的話。

[2] 嗔：生氣。

【賞析】

這是寫一對親暱情人間的互動，系列四首的第一首，元曲的直白顯露在這首曲子中表達無遺。罩著碧綠色窗紗的窗戶外頭，靜悄悄的，似乎什麼事都沒有，室內卻熱烈得很，情侶正在約會。男子也許遲到了，也許彼此鬧了小彆扭，跪在床前，急著要親女子。女子背過身去，罵聲「小沒良心的」，似乎話說得重，但生氣是假，等待男子是真，所以「一半兒推辭一半兒肯」，雖然寫來毫不遮飾，卻是最真實最自然的情況。

【一半兒】這支曲牌很有意思，最後一句，是固定的格式，而且第一個一半兒後面要接兩個平聲字，第二個一半兒後面要接仄聲字，最好是第三聲，也就是「一半兒平平一半兒上」。如果寫得好，會對全首曲子增添光彩，有畫龍點睛的效果，所以不論初學寫曲的新手，或經驗豐富的老手，都會在最後一句特別用心，如「一半兒難當一半兒耍」，「一半兒真實一半兒假」、「一半兒昏迷一半兒醒」，都是很成功的寫作。

4.【仙呂．醉扶歸】〈禿指甲〉

十指如枯筍，和袖捧金樽。搊殺[1]銀箏字不真，揉癢天生鈍。縱有相思淚痕，索[2]把拳頭揾[3]。

[1] 搊殺：搊音ㄔㄡ，彈也。箏，樂器名。搊箏，即彈箏，須以指甲彈撥。殺，等於現代俗語「氣死我了」、「這天氣熱死了」的「死」字。此句是說：彈箏時，再如何用力，即使把箏都給彈死

了，音還是不清楚，因為禿指甲的緣故啊。

[2] 索：必須。

[3] 搵：揩拭。

【賞析】

指甲原只是保護手指，但很多人會把指甲留長，或做上某些裝飾。古時青樓中的女子，對她們的指甲更是在意得不得了，認為那是美的象徵。

在觥籌交錯、飛盞傳杯的筵席上，或是淺斟低唱的小聚中，紅衫翠袖的姑娘偎在身旁，露出雪白皓腕，春蔥似的纖纖十指，端杯勸酒，不用喝，早就教人醺醺醉了。而現在，手指光禿禿的，像乾枯的老筍，怎麼樣也撩不起一點嬌媚之感，只好藏拙，就著寬大的袖子，捧起光彩奪目的酒杯。以閃亮的白銀做裝飾的古箏，當長長的指甲在弦上抹過，會發出錚錚琮琮的曲調，手是禿的，只能笨拙的撥弄著，連樂音都聽不真切。如果身上什麼地方癢了，想去揉擦，沒有指甲，總覺得很遲鈍，無法搔著癢處。更嚴重的是，想起遠方的人，落下相思淚時，竟不能輕巧優雅的彈掉淚痕，而必須拿整個拳頭去擦拭了。

元曲本不避調謔，嬉笑怒罵皆成文章，關漢卿又被稱為「生而倜儻，博學能文，滑稽多智，蘊藉風流」，他跟禿指甲的歌妓開玩笑，純然是遊戲文章。禿指甲是不美的，可是用清麗的詞句說出來，別有一番況味，短短六句，把題目點出，有些惡搞，卻又令人失笑。

5.【雙調．大德歌】〈秋〉

風飄飄，雨瀟瀟，便做陳摶[1]睡不著。懊惱傷懷抱，撲簌簌淚點拋。秋蟬兒噪罷寒蛩兒[2]叫，淅零零細雨打芭蕉。

[1] 陳摶：字圖南，號希夷先生，五代宋初人。隱居華山修道，據說一睡就百餘日才起來，人稱睡仙。

[2] 寒蛩兒：蟋蟀。

【賞析】

關漢卿以【大德歌】四首吟詠春夏秋冬，寫秋天的這首特別由聲音入手，而且用了許多形容聲音的疊字，如飄飄、瀟瀟、撲簌簌、淅零零，藉著秋聲來襯托愁懷。風雨聲中，別說自己了，即使睡仙陳摶也睡不著吧，輾轉反側難以入眠，眼淚也就撲簌簌的紛紛落下。白天蟬鳴，晚上蟋蟀叫，根本不讓人有片刻安寧，只好聽著淅零零打在芭蕉葉上的細雨聲，點滴到天明。

關漢卿不但善於寫人、寫情，寫景也是高手，情景交融，天衣無縫。

6.【雙調．大德歌】（六之五）

雪粉華[1]，舞梨花，再不見煙村四五家。密灑堪圖畫，看疏林噪晚鴉。黃蘆掩映清江下，斜纜[2]著釣魚艖[3]。

[1] 華：「花」的古字，在此選用「華」字，一方面避開與下句梨花的花字重疊，一方面兼用其光華耀目之意。

[2] 纜：繫船的繩子，這裡借為動詞，繫、綁著。

[3] 艖：音ㄔㄚ，小船。

【賞析】

這是另一組六首的【大德歌】，第五首寫的是冬景。前面【南呂．四塊玉】〈別情〉，是以雪來形容楊花，這首則以梨花來形容雪。瑩瑩冬雪，像光彩熠耀粉白的花朵，隨風飄動，一如滿天梨花飛舞。雪下大了，原本冒著炊煙的四、五戶人家，都被雪掩蓋，看不見了。在這樣密密灑落的大雪中，景象絕美，值得描繪下來。而樹葉落盡、疏疏落落的林子裡，傍晚鳴叫的黑絨絨的烏鴉更是清晰可見。清澈的江流旁，已然變黃的蘆葦在雪中低昂起伏、似隱還現，天氣太冷了，人都躲進屋裡，江邊只閒閒的斜繫著釣魚的小船。

7.【南呂．四塊玉】〈閒適〉（四之二）

舊酒沒，新醅[1]潑，老瓦盆邊笑呵呵。共山僧野叟閒吟和[2]。他出一對雞，我出一箇鵝，閒快活。

8.【南呂．四塊玉】〈閒適〉（四之四）

南畝耕，東山臥[3]，世態人情經歷多，閒將往事思量過。賢的是他，愚的是我，爭什麼！

---

[1] 新醅：醅原指沒有過濾的酒，這裡移作酒的泛稱；新醅就是新釀的酒。

[2] 吟和：吟詩相和。

[3] 東山：在浙江上虞縣，謝安曾在此隱居，這裡只借用其隱居之義。

【賞析】

關漢卿寫了題名〈閒適〉的四首【四塊玉】連作，也許是他晚年的作品，有點看破紅塵的意味，灑落逍遙，這裡選錄其中兩首。

舊酒喝完了，就斟上新釀的酒，拿家裡的老瓦盆當酒杯，大家都覺得酣暢痛快，開心的呵呵笑著。和山裡的和尚、鄉下的老頭聚在一起，彼此唱和，也不怕沒有下酒菜，有的出雞，有的出鵝，都是鄉間順手可得的，真是快快活活，歡樂融融。

經過了各種繁華蒼涼，看過了許多人情冷暖，如今回到鄉下種田，過著隱居的生活。有時想起當年經歷的種種，有些人聰明狡黠的費盡心機，汲汲營營，就由他去吧，我寧願當個守拙的傻子也沒關係，沒啥好計較啦。

經歷了熱鬧複雜的人生後，對是非利害常常也就看淡了，回家安適的過日才是最珍貴的幸福。就像禪詩說的，「春有百花秋有月，夏有涼風冬有雪，若無閒事掛心頭，便是人間好時節。」心無雜念，胸無掛礙，隨處自在。

二、套數

把同一宮調的若干曲牌，集合成組曲，以便更淋漓盡致的抒情敘事，稱為「套數」。本節選錄兩套，【仙呂】套曲《閨怨》是關漢卿身為書會才人，為傳唱所寫閨中女子思念遠方情人的作品；【南呂】套曲《不伏老》，則是關漢卿回顧自己一生的寫照，也是留存至今唯一的關漢卿自傳性發言。

1.【仙呂】套曲《閨怨》

【翠裙腰】曉來雨過山橫秀，野水漲汀洲。闌干倚遍空回首。下危樓[1]，一天風物暮傷秋。

【六么遍】乍涼時候，西風透。碧梧脫葉，餘暑才收。香生鳳口[2]，簾垂玉鉤，小院深閒清晝。清幽，聽聲聲蟬噪柳梢頭。

【寄生草】為甚憂，為甚愁？為蕭郎[3]一去經今久。玉臺寶鑑[4]生塵垢，綠窗冷落閒針繡。豈知人玉腕釧兒鬆，豈知人兩葉眉兒皺！

【上京馬】他何處，共誰人攜手，小閣銀瓶殢[5]歌酒。早忘了呪[6]，不記得，低低耨[7]。

【後庭花煞】掩袖暗含羞，開樽越釀愁[8]。悶把苔牆畫[9]，慵將錦字修[10]。最風流，真真恩愛，等閒分付[11]等閒休。

---

[1] 危樓：高樓。

[2] 鳳口：形狀像鳳嘴的香爐。

[3] 蕭郎：泛指女子所愛戀的男子。

[4] 寶鑑生塵垢：「鑑」在此指鏡子。情人出門甚久，自己無心打扮，連鏡子也沒擦拭，蒙上了塵埃。

[5] 殢：滯留，流連。

[6] 呪：俗寫為「咒」，原是佛家的密語，在此指情人間的發誓賭咒，如發誓兩情不渝，一如海枯石爛，若有背棄，則不得好死之類。

[7] 耨：男女親愛相暱，意如前舉關作【雙調．七弟兄】句「搵香腮巧語低低話」。

[8] 開樽越釀愁：打開酒樽喝酒，以為可以借酒消愁，但「舉杯消愁愁更愁」。因酒是「釀」出來的，在此故意用一「釀」字，加強愁緒像酒一樣，慢慢發酵，越累積越多。

[9] 苔牆畫：在久未清理、長滿青苔的牆壁畫上痕跡，計算遠行人離開的日數。

[10] 錦字修：晉代竇滔被貶謫到遠方，妻子蘇氏織錦為信，寄給竇滔，後代以「錦字」指稱妻子寄給丈夫的信。修書，就是寫信，「慵將錦字修」，指心情不好，連信都懶得寫了。

[11] 分付：發送、傳達。

【賞析】

這套曲子，是選取仙呂宮的五支曲牌組成的套數，內容描繪閨中女子思念遠行、久不歸來的情人。全套從寫景入手，繼而寫情，其後不免胡思亂想，猜疑、埋怨，層層推進，情感逐漸累積，卻也只能以歎息作結。

引曲【翠裙腰】先以閒筆寫清晨雨後天晴，遠山秀色橫空，洲渚邊上的水位似乎也漲高了，好一派遠觀山有色，靜聽水無聲的閒適景象。筆鋒一轉，原來早已在欄杆邊站了好一會兒了，卻沒看到想看的（是什麼呢？關漢卿在此先賣個關子，沒說），只好枉然回頭。原以為登高可以望遠，但滿天風物，無處不是讓人傷情的秋日黃昏景象，還是從高樓下來吧。

【六么遍】接著寫秋日風情，由景入境。西風愁起綠波間，天氣開始變涼了，夏日殘留的暑氣逐漸消去，綠蔭濃密的梧桐，碧葉霏霏飄落。閨房中，簾幕從玉鉤解下來，低低的垂掛，只有裊裊香煙從鳳凰形狀的香爐鳳口緩緩噴出，飄蕩在長晝的小庭深院，迴漾著縷縷清寂。忽然一陣寒蟬的鳴叫在屋外的柳稍頭響起，蟬聲稍歇，更添侘寂幽遠。

【寄生草】由境轉情，點出主題。這樣寧謐的日子裡，究竟為什麼憂？為什麼愁呢？因為心愛的人離開許久都沒回來啊，一言猶如驚雷乍，關漢卿點出主題後，情感傾瀉而出。女為悅己者容，心愛的人不在身旁，也就沒心緒打扮了，化妝臺上的鏡子甚至久未擦拭，都蒙上了塵埃。而綠紗窗畔既沒有彩線慵拈的人兒相伴，也不再做針黹刺繡了。摯愛的人自顧自的遠遊，哪裡知道閨中的自己因思念而瘦到手腕上的玉釧鬆動，哪裡知道往日言笑晏晏的自己，如今每天都緊皺著雙眉！

【上京馬】則由思念轉為猜疑和埋怨，這正是戀人間的常情常理。出門這麼久還不回來，是不是又有新歡了呢？現在是和誰素手相攜，共訴情衷？在哪個地方的小閣中流連，和誰在共飲美酒？歡唱新曲？早就忘了和自己在一起時的發誓賭咒，海誓山盟，更忘記了當年彼此的相愛親暱。

最後以【後庭花煞】作結。自己獨自思念，掩袖垂淚也不是辦法，那就打開酒樽，借酒消愁吧。可是，沒辦法啊，舉杯消愁愁更愁，相思之情只會像釀酒似的越發酵越加醲郁。真是心灰意冷哪。情懷冗冗的在久未清理、長滿青苔的牆上畫下痕跡，計算著情人遠行的日數，百計無奈，真希望最好不相知，便可不相思，連信也懶得寫了。難道最是風流的真恩真愛，竟是珍重當下，輕易付出卻也輕易罷休，可堪成追憶的深情，竟爾只道是尋常。

偶然相值，遂成愛侶，是否能夠久長，本就難以逆料，如果是歡場歌樓，更加難說。不過江湖兒女，還是有真心的時刻，關漢卿本套寫女子相思癡戀，纏綿旖旎，當其在畫閣錦筵中傳唱，歌者聽者，難免想起某段幽幽的情愛，或真或假，不由迷離徜恍，目眩神醉了。

2.【南呂】套曲《不伏老》[1]

【一枝花】攀出牆朵朵花，折臨路枝枝柳。花攀紅蕊嫩，柳折翠條柔，浪子風流。憑著我折柳攀花手，直煞得花殘柳敗休。半生來折柳攀花，一世裡眠花臥柳。

【梁州】我是個普天下郎君[2]領袖，蓋世界浪子班頭[3]。願朱顏不改常依舊，花中消遣，酒內忘憂。分茶攧竹[4]，打馬藏鬮[5]；通五音六律[6]滑熟，甚閒愁到我心頭！伴的是銀箏女、銀臺前、理銀箏、笑倚銀屏，伴的是玉天仙、攜玉手、並玉肩、同登玉樓，伴的是金釵客、歌《金縷》[7]、捧金樽、滿泛金甌[8]。你道我老也，暫休。占排場風月功名首[9]，更玲瓏又剔透。我是個錦陣花營都帥頭[10]，曾翫府遊州。

【隔尾】子弟每[11]是個茅草岡、沙土窩、初生的兔羔兒、乍向圍場上走，我是個經籠罩、受索網、蒼翎毛老野雞、蹅踏的陣馬兒熟。經了些窩弓冷箭蠟鎗頭[12]，不曾落人後。恰不道「人到中年萬事休」，我怎肯虛度了春秋。

【尾】我是個蒸不爛、煮不熟、搥不扁、炒不爆、響噹噹一粒銅豌豆，恁[13]子弟每、誰教你鑽入他鋤不斷、斫不下、解不開、頓不脫、慢騰騰[14]千層錦套頭[15]。我翫的是梁園[16]月，飲的是東京[17]酒，賞的是洛陽花，攀的是章臺柳[18]。我也會圍棋、會蹴踘、會打圍[19]、會插科[20]、會歌舞、會吹彈[21]、會嚥作[22]、會吟詩、會雙陸[23]。你便是落了我牙、歪了我嘴、瘸了我腿、折了我手，天賜與我這幾般兒歹症候[24]，尚兀自不肯休。則除是閻王親自喚，神鬼自來勾，三魂歸地府，七魄喪冥幽，天哪，那其間纔不向煙花路兒[25]上走！

[1] 不伏老：即不服老。

[2] 郎君：原指別人的子弟，元曲中通常指浮浪子弟或嫖客。

[3] 班頭：就是上句領袖的意思。郎君領袖和浪子班頭是同義詞。

[4] 分茶，烹調食物。宋元稱食物為茶食，食店（餐廳）為分茶店。攧竹，在酒席上行酒令。

[5] 打馬，是古代遊戲，以銅或象牙做成銅錢大小，共五十四枚，刻上各種良馬的名稱，以骰子擲打來分勝負。藏鬮，又稱藏鉤，屬於古代的猜拳遊戲之一，玩法是在酒席上以手握著一些東西，如松子之類，來猜數量多少；有時也借用詩詞比喻，來猜手中握的是什麼。

[6] 五音，五個音階——宮商角徵羽，即Do、Re、Mi、Sol、La。六律，概指六律六呂，是古代審定音律高低的標準。五音六律在此泛稱音樂，是說自己精通音樂。

[7] 歌《金縷》：古代有《金縷衣》曲調，這裡泛指唱曲。

[8] 甌：酒杯。

[9] 風月：原指風花雪月四樣美麗的事物，後來移作男女情色之事的代稱，本句是指在風花雪月的情色場所中聲名最為顯著。

[10] 錦陣花營，也是指風月場所；都帥頭，是第一號人物。

[11] 元曲中，常以「子弟」稱呼出入風月場所的公子哥兒；每，即現代語言中的「們」。

[12] 窩弓，是獵人藏在草叢裡的弓箭陷阱；冷箭，是突如其來發射的箭；窩弓冷箭是指意料之外的暗算、傷害。蠟鎗頭，原指中看不中用，在此泛稱「鎗」，也是指別人的傷害。

[13] 恁：你，或你們。

[14] 慢騰騰：比喻以柔軟的功夫纏人不休。

[15] 錦套頭：套頭是套在馬上的籠頭，錦套頭比喻難以逃脫的美麗圈套。

[16] 梁園：古代名園，在此和下文的東京、洛陽，都只是借用，而不是確指其地，是說自己遊名園、飲名都之酒，賞名花。

[17] 東京：漢、隋、唐都以洛陽為東京，宋以汴梁為東京，元代則以遼陽為東京，在此只是借為「名都」之義。

[18] 章臺柳：「章臺」本是長安街名，唐許堯佐創作《章臺柳傳》後，「章臺柳」成為歌妓的代稱。

[19] 打圍：設圍場來打獵。

[20] 插科：插科打諢通常並稱，做出滑稽的動作，說一些博人一笑的話語。

[21] 吹彈：演奏樂器，

[22] 嚥作：歌唱。

[23] 雙陸：金元流行的棋戲。

[24] 歹症候：壞毛病。

[25] 煙花路：青樓妓女聚居的地方。

【賞析】

這是由南呂宮四支曲牌組成的短套。這套曲子之所以膾炙人口，不只是寫了關漢卿身為郎君領袖、浪子班頭的某些生活面貌，也在於辭采的魅力。

【一枝花】中所謂的花、柳，都是指風月場中的妓女。曲文中不斷重複花柳兩字，是一種嵌字體文字遊戲，密度濃稠的堆疊著花花柳柳、鶯鶯燕燕，一個個脂光粉膩，盛裝打扮的女子在眼前來來去去，活色生香的描繪出作者寄情於詩酒聲伎，遊戲於煙花柳街，浪漫不拘的生活。

【梁州】是寫既然號稱天下第一的浮浪公子，就必須是有品味的浪子生活藝術家，除了和如花似玉的歌妓們作伴，飲酒忘憂，也要懂得美食，酒席之間還能行酒令、以骰子玩打馬遊戲、熟悉各種猜拳的花樣，精通音樂。接下來作者用三句色彩濃豔的排句，呈現了靡麗的生活細節：「伴的是銀箏女、銀臺前、理銀箏、笑倚銀屏」，「伴的是玉天仙、攜玉手、並玉肩、同登玉樓」，「伴的是金釵客、歌《金縷》、捧金樽、滿泛金甌」，分別以銀、金、玉嵌入句中，像把各種顏色鮮豔的油彩都擠到畫布上，故意讓人喘不過氣的塑造出太過繽紛熱鬧的場面。接著扣回這套曲子的題目「不伏老」，作者意氣風發的說，竟然有人說我老了，別開玩笑了，自己可是穿州過府，哪兒沒玩過？到每個地方的風月場所，都是聰明巧捷，什麼場面都應付得來，聲名顯赫，是錦陣花營的大元帥哪。

【隔尾】則是嘲諷初到風月場所走動的年輕公子哥兒們。這些年輕人不過是剛從茅草崗、沙土窩生下來的小兔小羊，忽然跑到打獵的圍場，非常危險。自己則是經過牢籠關閉、受過繩網束縛、毛羽已經黑亮的老野雞，在打獵圍場的陣馬之中，可以熟練的行走，來去自在。即使經過種種明鎗暗箭的襲擊，可也從來沒有趕不上別人的地方。俗話不是說嗎，人到了中年對各種事情都會漸漸興味索然，自己當然不能虛度光陰，讓時間空過。曲中把風月場所當作打獵的圍場，是金錢、情欲、甚至人肉戰場；初嚐滋味的生手就像小兔小羊，而以修練得毛羽黑亮的老野雞形容歷盡滄桑的熟客，既別致又生動。

【尾】曲寫作者的多才多藝，及浪跡市井歡場的悍然無悔，筆法極盡浪漫誇張之能事。第一句「我是個蒸不爛、煮不熟、搥不扁、炒不爆、響噹噹一粒銅豌豆」，文字明白，活潑生動，示範了元曲本色白描的蒜酪風味，和關漢駕馭文字出神入化的本領。下面持續使用三字短句，以快速的節奏啪啪啪直瀉而下，不斷重複的句法，不斷堆疊的內容，將能量累積到即將爆發的臨界點。年輕子弟沒有經驗，所以落進「鋤不斷、斫不下、解不開、頓不脫、慢騰騰」的千層溫柔陷阱中，可能落個床頭金盡卻什麼也沒得到的窘境。自己則瀟灑自在，玩名園，喝名酒，賞名花。煙粉世界中的各種技倆，無所不能、無所不會，也無一不精，包括：圍棋、蹴踘、打圍、插科、歌舞、吹彈、歌唱、吟詩、雙陸。如果流連花街柳巷是壞毛病，但積習已深，即使牙落、嘴歪、腿瘸、手折，都不肯罷休，恐怕要等到閻王來叫，神鬼來勾，生命結束，才有可能不再來到煙花路上。

本套以近乎漫畫的誇張筆法，具體、表現力極強的各種形容，開詩詞曲未有之境，叫人讀了血脈賁張，可謂千古絕唱。

叁——雜劇

雜劇劇本的面貌

中國戲劇發展到元代，正式成為「合歌舞以演故事」的形式，稱為「元雜劇」。唱的曲文、說的道白，與元代稱為「科」的身段動作，是戲曲演出時的三個重要藝術元素，寫作劇本時，固然著重於曲文和道白，而舞臺上的表演動作，主要由演員和負責排演的人員來商量決定，但劇作家也常會寫下關於「科」，亦即身段動作的簡單舞臺指示。閱讀劇本前，不妨先了解幾個有關元雜劇的基本要項。

一、本

元雜劇的單位，習慣稱為「本」。

二、折

每一本元雜劇則包括至少四個大的結構單位，每個結構單位稱為「折」，一如西洋戲劇有幕，西方交響樂有樂章。每一折，包括同一宮調的若干曲牌組成的套曲，也稱「劇套」，或「劇曲」；全折的曲文只押一個韻腳；所以四折共四套宮調，押四個韻，經常以起承轉合的結構完成一個故事。每一折裡，可以只是一個場景，也可以轉換地點，而有兩個或三個場景。現存元雜劇中也有極少數可能是後人修改的、超過四折的例外。演出時，折與折間，會插入各種雜耍表演，如翻跟斗、歌唱、傀儡戲等，一方面讓觀眾變換口味，一方面也讓主唱演員稍得休息。

三、楔子

楔子本來是木匠工作時，將小片的竹或木一端削成尖形，插入榫縫空隙中，作為連結之用。元雜劇裡，則指的是四折之外較小的段落，有時放在劇本最前面，總起全劇；有時放在折與折間，類似後代的過場戲，在時空轉換時連結兩折的劇情。有的戲有楔子，有的戲沒有楔子，依劇情需要決定。

元雜劇全本由一人主唱，不過在楔子裡，其他角色也可以唱，唱時，通常只能唱【仙呂・賞花時】一支或兩支。

四、曲、白、科

各折和楔子，都由曲文、道白、科汎組成。

曲文在劇本中，通常會標明「唱」，也就是唱詞，是元雜劇最重要的組成因素。除了依曲牌正格填詞，還可以加上襯字，讓文義更明白、流暢，或讓節奏更搖曳生姿。

白就是說話，又稱「道白」，和曲文相比，屬於較次要的部分，所以有時也稱「賓白」。夾在唱詞中，很快帶過去的道白，又稱「夾白」或「帶白」。道白通常不押韻，稱為「散白」。有些不以曲文演唱，但有朗誦風味也押韻的，稱為「韻白」，包括上場詩、下場詩，以及「斷詞」（劇情告一段落時，由某位劇中人物——通常是官員角色，對全劇做一概述）。

科是表演動作，可以是簡單的動作，如笑科、睡科；也可以是較長時間的片段動作，如相見科、混戰科；有時還可標誌各種音響效果，如內作風聲科，內作雷聲科等等。

五、題目、正名

這是劇本最後的兩句或四句對句，總括全劇的劇情大要，並以最後一句當作劇名。演出時通常不會唸出來，而是作為演出前到處貼宣傳花招子（海報）時使用。如：

《竇娥冤》

題目：秉鑒持衡廉訪法

正名：感天動地竇兒冤

戲的總名就是《感天動地竇兒冤》，簡名是《竇娥冤》。

《單刀會》

題目：孫仲謀獨占江東地，請喬公言定三條計。

正名：魯子敬設宴索荊州，關大王獨赴單刀會。

戲的總名就是《關大王獨赴單刀會》，簡名是《單刀會》。

六、末本、旦本

元雜劇中，扮演男主角的角色，叫做「正末」；扮演女主角的角色，叫做「正旦」。一本戲裡，只有一個角色可以唱，其他角色都只能說白。正末主唱的劇本，稱為「末本」；正旦主唱的劇本，稱為「旦本」。因為雜劇以曲文為主，戲分必然集中在演唱者身上，所以劇作家寫作時，選擇末本或旦本，等於選擇了某一個敘事觀點，比方在寫愛情劇時，劇作家首先就必須決定，是要把主戲放在男主角身上或女主角身上。不過，不論末本或旦本，正末或正旦在同一本戲裡，並不是只能扮演一位人物，譬如審案平冤的公案劇，如果選擇旦本，古代沒有女性為官的狀況，所以女主角不可能擔任官員，只能扮演受害苦主，主戲可能會集中在受害或冤屈過程，審案份量難免比較少。如果選擇末本，那麼正末可以在前面扮演遭遇冤案的男性苦主，在戲的後半，再扮演平反冤情的清官，這樣可以使受害情節或審案過程，苦主和清官都有足夠的表演份量。另外，如關漢卿《單刀會》是末本，正末在第一折扮演喬公，第二折扮演司馬徽，第三、四折才演出關公，雖然改扮不同人物，仍合乎正末一人主唱的成規。

一人主唱的規則，在楔子，或該折戲即將結束時所唱的套數外的玩笑性小曲，都容許例外。如《竇娥冤》是以竇娥為主角的旦本戲，楔子中她的父親竇天章也可以唱；另外《望江亭中秋切鱠旦》第三折下場時，楊衙內、李稍、張千、三人也合唱了【馬鞍兒】單曲。當然，非正旦或正末演唱時，演唱的宮調、曲牌、隻數或曲子的類別，都有一定限制。

關漢卿的雜劇

王國維在《宋元戲曲考》說：「關漢卿一空倚傍，自鑄偉詞，而其言曲盡人情，字字本色，故當為元人第一。」指的是關漢卿的雜劇，關的雜劇不論質與量，都是元人第一，已成公論。他所創作的雜劇作品，數量與名目極為繁多，歷代書目的著錄，或各家學者的考訂研究，說法各異，不但數量不盡相同，名目也有互異之處，有些學者取之以寬，只要以往書中述及者，都一併收錄；有些學者則考證較嚴，佐證不全或有疑慮者，就摒而不錄。鄭騫先生[1]曾根據通行本及明鈔本《錄鬼簿》、《太和正音譜》等三種著錄，參以《永樂大典》所錄「雜劇目錄」，及臧晉叔《元曲選》、李玄玉《北詞廣正譜》等書，一一考證每個劇目，在其〈關漢卿雜劇總目〉一文中，考訂關漢卿劇作為總數六十四種，現存全本十四種，僅存殘曲三種。因其考證精審，最可信從，本書也以此為據，不過，也仍期待學界繼續發掘以往未見的資料，對各種不同的說法提出辯證。

現存十四劇為：《閨怨佳人拜月亭》、《詐妮子調風月》、《錢大尹智寵謝天香》、《趙盼兒風月救風塵》、《包待制三勘蝴蝶夢》、《杜蕊娘智賞金線池》、《感天動地竇娥冤》、《望江亭中秋切鱠旦》、《錢大尹智勘緋衣夢》、《鄧夫人苦痛哭存孝》、《狀元堂陳母教子》、《關張雙赴西蜀夢》、《關大王單刀會》、《溫太真玉鏡臺》。僅存殘曲的是《唐明皇哭香囊》、《風流孔目春衫記》、《孟良盜骨》。現存十四本的後三種《西蜀夢》、《單刀會》、《玉鏡臺》是末本，其餘都是旦本。

關漢卿的劇作中，常出現強烈的主張，指斥人間的不公不義，以致於二十世紀六〇年代起，他突然被貼上富含「鬥爭性、反抗性、現實性、人民性」的標籤，相關的論述一時掩襲論壇，多半集中在這些方面來討論，甚至因《陳母教子》一劇，陳母鼓勵兒子追求功名，有些人不論是非黑白，武斷的主張該劇「思想平庸」、「不是關漢卿的作品」，挪用名家作品來為自己的主張背書，這些論點則未免過激了些。關漢卿熟悉當時劇壇，他的作品從生活出發，又是為劇場勾闌演出所作，劇中表達的固然有他個人的理想和見解，也與當時民眾的祈願相合，更不會忽略戲劇的娛樂意涵，所以他塑造了那麼多的下層人物形象，構思了那麼巧妙的情節結構，用那麼淺白的文字寫曲文，設計了那麼有趣的插科打諢，劇中固然有攻擊時政的高聲疾呼，但更多的是溫暖的人情、風趣幽默的情節和用語。戲曲之最上者，當然是「案頭場上，兩擅其美」，雖然元雜劇的劇場搬演全貌，如今已無法全然掌握，但閱讀關漢卿劇作的最好方式，仍然是從其作為可供場上實際搬演的「劇本」本然面目入手。

從鄭騫考定的現存十四本劇作來觀察，可以看到題材內容的範圍相當廣泛，有嫵媚的戀愛風情、仗義的俠妓、摯愛子女的母親、貞烈受冤的婦女、情節曲折的公案，和慷慨悲歌的英雄事蹟，以下依類別介紹各劇內容特色，並綴論評於後。

愛情劇——風塵女子

關漢卿現存劇作以旦本居多，而他投身書會寫作，又與錦陣花營的女子相當熟悉，對她們有一定的同情和理解，他筆下的妓女尤其神情飽滿、風姿綽約，相關作品有：《趙盼兒風月救風塵》、《錢大尹智寵謝天香》、《杜蕊娘智賞金線池》。

一、《趙盼兒風月救風塵》

【劇情概要】

本劇的主角俠妓趙盼兒，是關漢卿作品中最為聰慧自信、世故恍達的女子，「風月救風塵」，是指趙盼兒利用妓院中追歡買笑的手段，來拯救淪落風塵的姊妹宋引章。

劇情是汴梁城中的歌妓宋引章，厭倦歡場生活，希望早日嫁做人婦，在兩名追求者——鄭州官員的兒子周舍和窮秀才安秀實之中，選了周舍，雖然母親、結拜姊姊趙盼兒力勸，也還是執迷不悟。

引章嫁到周家，以為可以過好日子，不意，一來周舍怕人笑話他娶了歌妓，二來引章不諳尋常人家的生活、家事，周舍惱羞成怒，開始家暴打人，引章不堪其苦，託人送信回家求救。盼兒得知，趕緊回信給引章，並打扮得花枝招展，帶著羊酒紅羅，到鄭州找周舍。

趙盼兒見到周舍後，使出各種手段引誘周舍，表示願意與周舍成親，條件是要先休了宋引章。周舍怕盼兒日後反悔，自己兩頭落空，要盼兒發誓賭咒，盼兒照辦。周舍果然寫了休書休掉宋引章，之後盼兒表示羊酒紅羅都是自備的，妓女發誓更做不得準。周舍回頭去搶引章的休書，卻搶到盼兒事先備好的假休書，一行人鬧上官府。趙盼兒和隨後趕到的安秀實一起向鄭州守李公弼申訴，說宋引章原是書生安秀實的妻子，周舍強占民妻，後又已寫休書，「望恩官明鑒取」，李公弼判定安秀實夫婦團圓。

【賞析】

劇本中，原是宋引章自己選擇了周舍，安秀實和宋引章也未結婚，但趙盼兒既藉著自備的羊酒紅羅和發假誓「混賴」許親之事，又以謊言騙過李公弼，演出社會底層的書生、歌妓聯手，擊敗借父親權勢欺人的花花公子，是大快人心的事，所以觀眾並不在意其間的是非，反而讚賞盼兒的智巧，當然也因為關漢卿把盼兒的形象塑造得充滿光亮，讓觀眾不由得完全信服。

戲一開始，關漢卿就指出妓女的婚姻困境，宋引章急於嫁給周舍，是希望早日從良，若長久待在歡場，「今日也大姐，明日也大姐，出了一包膿。我嫁了一個張郎家妻，李郎家婦，立個婦名」。選擇周舍，是因為他家境富裕，衣著光鮮，出手大方，又百般體貼；若嫁給窮書生安秀實，「一對兒好打蓮花落」，可能會衣食不繼，甚至乞討。盼兒比引章世故多了，提醒引章，「做子弟（嫖客）的做不得丈夫」，當嫖客時「情腸甜似蜜」，娶回家不到半年，往往就惡言相向，甚至拳打腳踢。她深知妓女的姻緣非同容易，「待嫁一個老實的，又怕盡世兒難成對；待嫁一個聰俊的，又怕半路裡輕拋棄」。何況在妓院日久，日常生活未必懂得打理，如劇中誇張的寫宋引章連被子都不會套，把引章自己和來幫忙的隔壁王婆婆都套進被裡，周舍氣到要拿棍子打人。

妓女從良，即使想努力做個三從四德的賢婦，還是會讓夫家嫌不體面；操持家務時，難免勞心勞力，與家人發生爭執，又會動不動被說成貪財、耍手段、斤斤計較。當時演員的婚姻遭遇，在《青樓集》也有許多記錄，不是婚嫁後難以適應，就是丈夫過世後被正妻趕出，往往只好再回樂戶；而即使是大名鼎鼎的珠簾秀，後來是嫁給道士，也有人自己出家為女道士，女演員尚且如此，何況青樓歌妓。宋引章的坎坷遭遇，只是其中一個例子，本劇在以智巧取得圓滿勝利之際，也飽含辛酸之情。

二、《錢大尹智寵謝天香》

【劇情概要】

柳永與開封名妓謝天香交好情深，因逢考期將屆，柳永打算上京應考。這時正好柳永故交開封新任太守錢可到任，謝天香身為上廳行首，必須前往參見新任長官，柳永也去看望老友，並拜託錢大尹在他赴考期間，好好照顧天香。

柳永離開後，某日錢大尹點名召見天香，並命她演唱柳永新作〈定風波〉，因作品中有錢大尹名字「可」字，為避名諱，天香即席改韻，表現出過人才華，錢大尹當即表示，要納天香為小夫人，除去樂籍。天香大驚失色，因她喜愛的是柳永，豈料錢大尹棒打鴛鴦，自己又無法反抗，只能委屈進入錢家。天香在錢府住了三年，一方面思念柳永，一方面又死心的想，妓女能夠出嫁也是好事，但錢大尹卻又對她極其冷淡，並不與她成親，只偶爾與她討論詩詞，天香終日惶惶，不知所措。

三年後，柳永中舉，錢大尹設宴款待，柳永因得知錢大尹強娶天香，心中不悅，不願飲酒。錢叫天香到前廳為柳永把盞，並說明當初考慮柳永中舉後，官員不宜娶娼女為妻，所以自己佯裝要娶天香為小夫人，以便先除去娼妓所屬的樂籍，專待柳永歸來，於是命人收拾車馬，將天香送往狀元宅第，柳與謝感恩拜別。

【賞析】

本劇極力強調謝天香的才智，不但「走筆成章，吟詩課賦」，順口改韻填詞，也能與錢大尹即席應答賦詩，因是旦本，謝天香在劇中承擔了極大篇幅的唱詞，詞語流麗；四折分別為仙呂、南呂、正宮、中呂，音樂美聽；表演時，謝天香當然是全劇最重要的角色。但是，進一步思索，謝天香的出現，只是為成就錢大尹／柳永間的「肝膽」情誼罷了。

錢大尹因柳永之託照顧謝氏，在可採取的千百種方法中，偏偏選擇了不明不白的納謝氏入府，也不說明是為了替天香除掉樂籍，以待柳永中舉歸來。錢大尹將天香娶進府後，又故意不理不睬，三年冷遇。謝天香「匪妓」從良，雖深怨錢大尹拆散鴛鴦，倒也真心實意的想委託終身。然而，雖將此心託明月，誰知明月照溝渠，在錢大尹幾近侮辱摧折的冷漠中，謝氏不免情思纏綿，心事重重，在錢大尹要她以骰子為題作詩時，唸出「一把低微骨，置君掌握中。料應嫌點涴，拋擲任東風」。何等悲涼。誰知三年後，柳永得中歸來，她又在未經任何心理調適的情形下，被送回柳永身邊。

錢／柳男性中心的友誼「佳話」中，謝天香只是一個被扭曲、空白化的符號而已，劇終時殺牛造酒的喜宴，其實是轟然碎裂了愛情喜劇的神話。關心、同情歌妓的關漢卿，在此一情采兼備、懸疑解謎、情節起伏，演出時想必極獲好評的作品中，不經意的更強化了時代對女子，或對歌妓看法的囿限。

三、《杜蕊娘智賞金線池》

【劇情概要】

濟南上廳行首杜蕊娘，在府尹石好問招待友人韓輔臣的宴會中，被喚去陪酒，韓、杜兩情相悅，韓輔臣索性住到蕊娘家中。蕊娘的母親鴇兒是愛財之人，韓輔臣在蕊娘家住了半年，石好問送他的錢早已揮霍殆盡，石好問也因任期已滿，調往京城，無法再提供資助；蕊娘又一心想嫁韓輔臣，不肯好好服侍其他上門的客人。

於是鴇兒故意在韓輔臣面前冷言冷語，韓憤而離開。蕊娘與母親數度爭吵，鴇兒謊稱其實是韓另結新歡，才會離去，蕊娘憤怒，疑慮不安。過了二十多天，韓輔臣趁鴇兒外出時再度上門，但韓杜彼此賭氣，未能釐清誤會，韓再度離開，韓以為蕊娘也像鴇兒貪愛錢鈔，蕊娘則以為韓移情別戀，背棄自己。

三年後，石好問再度回任，韓輔臣以死相逼，要石好問出面替他邀約蕊娘。石好問在金線池舉行宴會，召來許多官妓，蕊娘也在其中。蕊娘心中記掛韓輔臣，及至見面，又不肯假以辭色。韓於是再度與石商議，兩人設計，指稱蕊娘失誤官身，將她召至官衙，即將重罰，蕊娘無奈，只好央求在旁的韓輔臣說情，石好問順水推舟，讓兩人重修舊好。

【賞析】

杜蕊娘的「自我意識」是比較強烈的。她以為自己在愛情上應該享有與韓輔臣相同的權力，可以要求對方和自己一樣愛惜、看重這份感情。當鴇兒間阻，蕊娘與鴇兒爭辯，毫不妥協，韓輔臣竟負氣而去，「輕負花月約」。之後，韓再回頭要求蕊娘隨順，蕊娘即使心念每在韓輔臣身上，不經意出言時，也往往道及韓輔臣的名字，卻不肯輕易答應和解。只是，杜蕊娘所意圖堅持的、在愛情上與韓輔臣對等的這份傲氣，仍在韓輔臣、石好問計謀的棍、枷威脅下，被消音了，完成全劇最後皆大歡喜的圓滿的結果。

愛情劇——良家婦女

除了風月場中的名妓在憂危之中追尋愛情；尋常人家的女子同樣嚮往愛情與婚姻。不論是地位低下的婢僕，與寡母相依的弱女、戰亂中流離的佳人，或中道失婚的寡婦，她們既堅持愛情的平等尊貴，也頑抗可能動搖婚姻的任何外力。相關作品有：《詐妮子調風月》、《溫太真玉鏡臺》、《閨怨佳人拜月亭》、《望江亭中秋切鱠旦》。

四、《詐妮子調風月》

【劇情概要】

洛陽城的女真貴族老夫婦，膝下無子，當侄兒來訪時，非常高興，指派能幹俐落的丫鬟燕燕去負責照顧。侄兒家也是世襲千戶的貴族，大家稱他「小千戶」，小千戶長得英俊瀟灑，就像粉妝玉琢的菩薩「魔合羅」。

小千戶對燕燕頗為鍾情，多方挑逗，百般追求；燕燕素來對富家公子並無好感，總覺得他們情感不真，雖然也對小千戶萌生愛意，但並不確定小千戶是否真心相待，還是拒絕了小千戶的求歡。小千戶遭到拒絕，更加溫柔體貼，海誓山盟，燕燕面對小千戶熱烈又溫柔的攻勢，看著小千戶的模樣、身分，又對自己這麼好，想到也許真的可以改變自己身為奴婢的身分，成為世襲千戶的小夫人，終於隨順了。

寒食節，燕燕與女伴出遊，回來見小千戶無精打采，又對他愛理不理，詢問時，發現了小千戶懷有其他女子相贈的手帕和寶盒，她威脅要摔碎盒子、剪破手帕，才問出原來是小千戶和千金小姐鶯鶯的定情信物。燕燕又傷心又生氣，大罵小千戶後，回到自己房中。小千戶來賠罪，則吃了閉門羹。

小千戶已決心要娶鶯鶯小姐，央請老夫婦幫他說親，夫人則派燕燕前去說媒。燕燕滿懷氣憤和委屈，去時刻意向鶯鶯說小千戶的壞話，想破壞親事，但鶯鶯已心許小千戶，親事還是說定了。結婚之日，燕燕大鬧禮堂，並說出她和小千戶的關係，場面相當尷尬，最後是同意讓燕燕當第二個夫人，才圓滿落幕。

【賞析】

本劇曲文完整，科白簡略，很多地方只有「正末云了」，「正末外旦郊外一折」的交代，但曲詞精彩奪目，栩栩如生的寫了爭取情愛中平等位置的小丫頭燕燕，個性鮮明，言詞潑辣，本書賞析一節收錄第二折，可以欣賞到跌宕多姿、俐落爽脆的文詞。

燕燕雖與小千戶地位並不相稱，但既已海誓山盟，當小千戶懷有「二心」，並打算另娶他人時，燕燕不惜撒潑耍賴，強調一己愛情的尊貴。雖然只是小夫人，但「許下我的，休忘了」，一旦名分清楚，「便燕燕花生滿路」。在那樣的時代，燕燕所能爭取的，也只有如此了，就像《謝天香》和《金線池》，結局雖有些許無奈，卻也有著時代的慈憫與溫暖。至於二十世紀中後期改編的《燕燕》，讓燕燕自盡身亡，慘怛激烈，自是另一番面目。

五、《溫太真玉鏡臺》

【劇情概要】

翰林學士溫太真（嶠）得知姑母與表妹遷居京城，前往拜望。見表妹倩英竟已出落得如神仙般美麗，魂醉神迷。當姑母說初來京城，找不到合適的老師繼續教倩英彈琴寫字，問太真可否幫忙，太真馬上答應。之後太真藉著教彈琴寫字之便，親近倩英，並握倩英之手，倩英動怒。

姑母與太真閒聊時，提及翰林學士中若有合適人選，可否幫倩英保一門親事，太真滿口應承，舉薦一人，說那人年紀、身形、才情，都與自己相彷，並送來皇帝御賜玉鏡臺為聘禮。等官媒正式來擇日，姑媽才知太真所保之人是他自己，侄兒原是出色人物，如今聘禮也收了，就擇日嫁女。

倩英卻覺得太真根本是無賴騙婚，既不肯吃交杯酒，也不肯同房，成婚兩個月，太真一路做小伏低，極盡討好之能事，倩英還是不予理會。其後王府尹知道此事，奏請皇帝設鴛鴦會水墨宴，宴請諸位學士、夫人。席間規定，「有詩的，學士金鍾飲酒，夫人頭插鳳釵，搽官定粉。無詩的，學士瓦盆裡飲水，夫人頭戴草花，墨烏面皮。」太真要倩英叫他「丈夫」

才肯作詩，倩英不願烏墨塗面，只好喚了丈夫，太真大展才華，贏得光彩，夫婦終於和睦。

【賞析】

這是關漢卿現存三個末本戲之一，和另兩本《單刀會》、《雙赴夢》寫英雄豪傑不同，這是他現存唯一以書生為主角的劇本。在關漢卿所寫爭取愛情的戲劇中，各種不同個性的女子無不形象鮮明、神采飛動，而無法藉演唱聚焦的男性角色，則不免稍遜一籌。

此本由正末扮演的溫太真為主角，雖然以欺矇的手段娶得表妹劉倩英，婚後為贏得倩英之心，自始至終「逆來順受」，試圖以款款深情打動倩英，最後靠「水墨宴」的契機，導引出團圓的結局。劇情發展出現小小的危機，而後翻轉解決，劇中男女主角都有臺階可下，觀眾也心滿意足，皆大歡喜，這種歡樂明亮的結局和氣氛，正是庶民百姓進入劇場的原因之一。

六、《閨怨佳人拜月亭》

【劇情概要】

金元交戰時，金國兵部尚書王鎮奉旨出征，元軍逼近北京，百姓紛紛出城奔逃，王鎮的妻子張氏與女兒瑞蘭，也隨眾逃難，卻被混亂的人群衝散；同時，蔣世隆與妹瑞蓮，也走散了。

一邊呼喊「瑞蘭」，一邊叫喚「瑞蓮」，張氏遇見瑞蓮，收為義女，逃到王鎮處。瑞蘭則與世隆相遇，兄妹相稱，兵慌馬亂中，若有人詢問，也權稱夫妻。途中，兩人與世隆結拜兄弟武人陀滿興福短暫相隨，之後興福前往投軍，世隆病倒，滯居客棧，瑞蘭悉心照顧。世隆病情漸次痊癒時，王鎮率兵經過客棧，尋獲女兒瑞蘭，發現瑞蘭與男子同行，還私訂終身，大怒之下，抛下世隆，將瑞蘭強帶回家。

瑞蘭、瑞蓮姊妹情好，瑞蘭記掛世隆，在花園拜月為世隆祈福，被瑞蓮撞見，瑞蘭告知原由，才知兩人關係不僅是姊姊妹妹，還是嫂嫂小姑。天下安定後，王鎮招文武狀元為婿，瑞蘭甚是煩惱，成婚之日才知其中一人竟是世隆，於是世隆瑞蘭、興福瑞蓮，各成佳偶。

【賞析】

這本以情節取勝，傳唱千古，並經一再改寫、搬演的作品，是以錯認與巧合呈現了戰亂年代涕淚啼笑交雜的諸般無奈。同時，本劇也「示範」了元代愛情劇裡愛情觀所立足的倫理系統，是典型的支配論述（父親、禮教、功名婚姻）和反支配性論述（年輕情侶、愛情、私約幽會）的對話。在某些「非常」的時空，人忽然脫離了亦步亦趨的強大社會宰制，單純的偶遇相逢，戰亂流離成就了蔣世隆、王瑞蘭這一對亂世鴛鴦。而一旦父女重會，支配論述遂不容異議的剷除「異己」的聲音，強行拆散未經倫理系統認可的非法結合，王父帶回瑞蘭，之後又以不容動搖的姿態，要將瑞蘭重新納入「安全」的系統中，逼她嫁給新科狀元。

瑞蘭在閨中思憶、亭畔拜月、面對聘禮，或玳筵前手捧許親酒時，都陷身在極度的焦慮之中。與久別的丈夫在另一次婚姻的筵席前，以男女主角的身分重逢，毋寧是極度尷尬的。雖然瑞蘭在自承「狠毒爺強匹配我成姻眷」的哀怨傾訴中，也指責了世隆「可是誰央及你箇蔣狀元，一投官也接了絲鞭」，可是在彼此的背叛中，在父權系統下的女性角色的確「我便身上都是口，待交我怎分辨」。

巧合的安排，讓本劇有了歡慶的結尾，充滿危機的場面，也因突然逆轉，變為喜劇性的情節，成全了王瑞蘭拜月之際祈求的願望：

願天下心廝愛的夫婦永無分離，教俺兩口兒早得團圓。

而團圓，當然要築基於前文所言元代愛情劇裡愛情觀所立足的倫理系統：愛情↓阻礙（父權）↓功名（父權系統的更高位置）↓遂行愛情（遂行父權，或由父權收編），並經由此一支配性論述中的權力交涉與權力播弄，方得以完成。

七、《望江亭中秋切鱠旦》

【劇情概要】

白士中將到潭州上任，途中到清庵觀探訪出家為道姑的姑姑，談到士中妻子已經亡故，姑姑決定幫他介紹常到觀中閒談的學士李希顏的寡妻譚記兒，親事果然成就，記兒隨夫赴任。

權豪勢要之子楊衙內聽說記兒甚是美貌，原本想娶為小夫人，不意記兒竟嫁給白士中，心中嫉恨，於是奏知皇帝，誣告白士中貪花戀酒，不理公事，於是奉旨帶著勢劍金牌要取白士中首級。

白士中母親快信通知，記兒認為禍從己身而起，決定單身冒險，解決此事。譚記兒化身為賣魚婦人，乘舟靠近楊衙內的大船，說是捕得金色鯉魚，前來兜售，並做切鱠料理。楊衙內見記兒美貌，叫她上船，並邀她喝酒，席間說出自己到潭州要殺白士中，記兒故意說這是為民除害，是好事。接著衙內讓親隨告訴記兒，想娶她當小夫人，記兒也佯裝答應，衙內大喜，記兒引誘衙內寫下調情詩詞，自己也回了一首。記兒灌醉衙內後，偷走勢劍金牌，並將詩稿與文書掉包，乘小舟離去。

次日，楊衙內到潭州，宣讀文書，卻是情詩淫詞，記兒又出面控告楊衙內昨晚調戲之事，衙內只好與士中談條件，彼此鬆手和解。最後請出譚記兒相見，才知竟然是昨晚漁婦。這時府官李秉忠奉上司臺旨趕至潭州，證明楊衙內挾怨誣告，將之削職，白士中夫婦中秋人月圓。

【賞析】

若將劇本分為文人之劇與劇人之劇，關漢卿的作品絕對屬於熟悉舞臺演出的劇人之劇，

《望江亭》就是典型的例子。

第一折先講記兒寡居之後，對自己的未來惶惑不安，既考慮隨白姑姑出家，又覺得如果有像自己亡夫那樣看重自己的人，也可以再婚。當白姑姑介紹鰥居的侄兒白士中時，劇作家又設計了「官休私休」的賺婚圈套，使劇情出現小小的起伏。當時記兒提出的唯一條件，是白士中必須志誠一心，白頭相守，刻畫了寡婦再嫁的憂慮。

第二折白士中收到母親信，知道楊衙內即將來取自己首級，正在憂惱，作家又宕開一筆，好整以暇的寫譚記兒懷疑白士中接信後愁苦，是否另有前妻，幾支曲牌一方面讓戲不僅敘事，還有暫停戲劇動作的抒情歌唱表演，一方面則延宕危機，同時再度突出譚記兒的不安全感。等記兒明白丈夫並無他心，還因為與自己成親招來大禍，捍衛寶貴婚姻的勇氣陡然而生，繼續推演到全劇重點，以及譚記兒智賺勢劍金牌的慧黠，一場「女性／非理性／美色」對「男性／語言／權力」的嘲諷和擺布於焉展開。

楊衙內、白士中之間，權力懸殊差異，賞析一節收錄其第三折，關漢卿安排譚記兒採取「智取」的方式，並插入張千、李稍等調弄的角色，讓危險的決戰成了歡鬧繽紛的場面以及劇場中的華麗表演。至於劇名《切鱠旦》的旦字，指的是旦本，有些版本把旦字去除，僅留《望江亭中秋切鱠》，在文義上是合理的，但卻未必必要。因為元雜劇劇名是以正名末句為據，放上主唱角色，並不是特例，如《風雨像生貨郎旦》、《都孔目風雨還牢末》，倒也不必刻意刪除。

公案劇

公案劇是元雜劇的主要類別，面對無法依賴法律解決的冤屈，庶民只能期盼有不畏權勢、智計過人的清官、明察是非的鬼神、幻夢的啟示或上天的補償，來伸張正義公理，相關作品有：《感天動地竇娥冤》、《錢大尹智勘緋衣夢》、《包待制三勘蝴蝶夢》。

八、《感天動地竇娥冤》

【劇情概要】

書生竇天章向蔡婆借了高利貸，無力償還，只好把女兒端雲送給蔡婆當童養媳，權充抵債，蔡婆又送給竇天章一點盤纏，讓他上京趕考。後來蔡婆搬到山陽縣，將端雲改名竇娥，在竇娥十七歲時許配給蔡婆的兒子。不料不到兩年，蔡婆之子就過世了，婆媳兩代寡婦相依為命。

一日，蔡婆去向賽盧醫索討高利貸的款項，賽盧醫還不出來，將蔡婆騙到城外，打算勒死，正好張老、張驢兒父子經過，救了蔡婆。父子倆知道蔡婆有錢，又聽說家中還有一位寡媳，兩人不要謝禮，希望與蔡家婆媳兩代各成姻眷，蔡婆拒絕，張驢兒作勢要勒死她，蔡婆無奈只好先帶張家父子回家。竇娥嚴詞指斥，但張家父子還是住了下來，張老和蔡婆處得不錯，竇娥則堅決拒斥張驢兒。

後來蔡婆生病，想吃羊肚湯，要竇娥去做，張驢兒心想，若害死蔡婆，竇娥孤苦無依，就會隨順自己，於是買了毒藥加在湯中。豈知蔡婆身體不適，也就沒有胃口，不想喫了，張老把羊肚湯喝下，中毒身亡。張驢兒趁機威脅，竇娥不理，於是鬧上公堂，張驢兒告竇娥藥死公公。

竇娥本來堅不認罪，但庭上要打蔡婆，她不忍婆婆受苦，就認了殺人之罪。行刑之時，竇娥指天罵地，並發下三樁誓願：如果冤枉，刀過處頭落，血不落地，都飛在高懸於旗槍的白練之上；六月飛雪；楚州亢旱，三年不雨；結果三件事都證驗了。

竇天章上京後及第，到蔡婆原來居所卻沒找到人，經常思念女兒，十三年後擔任兩淮提刑肅政廉訪使，來到揚州。竇娥鬼魂出現申冤，竇天章終於查清事實真相，抓到一干人犯，還竇娥清白。

【賞析】

《竇娥冤》全劇及論析，收入本書賞析一節，在此僅稍述其後各種改編作品。最早的改編本，是明代葉憲祖的傳奇《金鎖記》，以崑曲型態演出，之後京劇及各地方戲都有不同改本。以京劇為例，先後有梅蘭芳、程硯秋的改本，一九八〇年臺灣雅音小集郭小莊也曾演出孟瑤改編的《竇娥冤》。戲曲之外尚有歌劇、舞劇、音樂劇等作品，如現代音樂就有一九七二年吳大江《倚門望》（香港）、一九七八年林樂培《秋決》（香港）、一九八七年馬水龍《竇娥冤》（臺灣）等。近年演出則有二〇〇八年臺北藝術大學戲劇系演出的舞臺劇《吶喊竇娥》，以及二〇一〇年李行導演、莊奴作詞、翁清溪作曲、史擷詠編曲的音樂劇《夏雪》，可謂歷千年而不衰。

九、《錢大尹智勘緋衣夢》

【劇情概要】

王李兩家指腹為婚，王家生女兒閏香，李家生男孩慶安。十七年後，李家早已敗落，王員外派家人送一雙鞋和十兩銀子到李家，表示讓慶安穿上此鞋，踏斷錢腳，算是取消婚約。李家父親無奈，慶安倒不在乎，安然接受。

慶安穿上新鞋，央求父親給他二百錢買風箏，興高采烈的去放風箏。沒想到風箏纏在一家宅院的梧桐樹，他翻牆進入宅院，脫鞋上樹取風箏。原來這正是王家後院，閏香因日前父親要她縫製一雙鞋給慶安，以為李家就要來正式提親，卻無消息，與丫環梅香到花園閒遊解悶。兩人發現樹上有人，樹下卻放著閏香縫製的鞋。等慶安下樹，與閏香相認，閏香問李家為何遲未迎娶，慶安說家中貧窮，無力備辦聘禮。閏香和梅香商量，決定準備金銀財物贈給慶安，以便當作聘禮送到王家，約好晚上慶安到園中太湖石畔相候，梅香會將財物送到。

王員外因退婚順利，非常高興，就親自到經營的當舖招呼生意，遇到當地流氓裴炎拿一件舊衣到王家當舖，想訛借金錢，王員外將他斥退。裴炎心中懷恨，當晚持刀進入王家，想殺人劫財，才進後園就遇見梅香，殺死梅香搶走包裹；等慶安到時，發現梅香倒在地上，用手去摸，才知梅香已被殺死，趕緊跑回家中，因一時慌急，手上血痕印在自家門上。王家發現梅香被殺，一時大亂，閏香只好說出與慶安相約之事，王員外趕到李家，見門上血手印，將慶安扭送官府。

審訊後，官司問定死刑，只等府尹錢可正式簽判。錢大尹複審後，雖有疑慮，但前官問定，也只好簽判，提筆時，慶安曾經救過的大蒼蠅飛來抱住筆尖，又爆破筆管，三番兩次無法落筆。錢大尹覺得其中恐有冤情，將慶安先關在獄神廟中，派人監視、查訪。慶安夢中說出「非衣兩把火，殺人賊是我。趕得無處藏，走在井底躲。」錢大尹懷疑殺人犯可能叫做「裴炎」，叫手下竇鑒和張千尋訪，果然在棋盤井底巷抓到裴炎，並證實兇刀是裴炎家中物品，確定裴炎是殺人賊，放出慶安，李王兩家重修舊好，慶安閏香成親團圓。

【賞析】

在門當戶對時，雙方家長指腹為親，一方敗落後，另一方反悔，這是現實生活和小說戲曲常見的主題，而若涉及命案與冤屈，更會引起關心歎息而傳唱不歇。情節與《緋衣夢》類似的唱本與劇本甚多，可稱為「血手印系列」，除男女主角名字更動（如林昭得、李彥貴、林孝童、陳英；王千金、黃月英、黃桂英、王桂英、柳蘭英），及兩人見面的機緣稍有不同外，後續發展大致承襲。

明傳奇《賣水記》男主角家道中落後是賣水為生，與明傳奇相同的有寶卷《包公巧斷血手印》、晉劇《火焰駒》、湖南唱本《賣水記》、揚州戲《陳英賣水》、揚州唱本《賣水記》、蒲仙戲《賣水記》、京劇《賣水》。

劇中有風箏或蒼蠅情節的，則有梆子戲《血手印》（一名《蒼蠅救命》）、秦腔有《風箏記》（或名《血手拍門》、《血手印》）。越劇也有《血手印》，一九六三年根據越劇改編的黃梅調電影《血手印》，飾演林昭得的演員淩波夜訪花園時所唱「郊道」一曲，不但當時風靡東南亞，更是至今傳唱。此外，也有將「放風箏」改為尋找黃鶯的，如明代刻本《風月錦囊》所收的《黃鶯記》。

至於破案契機的夢中之語，則是借用了《太平廣記》中記錄唐代駱賓王想策動裴炎攻打武則天所做的童謠：「一片火，兩片火，緋衣小兒當殿坐」。本劇的李慶安的夢話是「非衣兩把火」，因有唐代裴炎的故事，就把劇本的名稱也叫做「緋衣夢」了。

十、《包待制三勘蝴蝶夢》

【劇情概要】

王老漢雖出身農家，仍勉力栽培三個兒子讀書寫字，他到街上幫兒子買紙筆時，不小心沒迴避權豪勢要葛彪，被葛彪打死。王家三個兒子和母親得到消息，趕去收屍，並上街尋找葛彪，見面後相互鬥毆，王大和王二將葛彪打死，官衙公人把一干人等全帶上公堂。

龍圖閣待制學士包拯，時任開封府尹，剛審完偷馬賊趙頑驢一案，判趙頑驢死刑後，覺得疲累，就稍稍歇息小睡，竟然入夢。夢中看到一隻小蝴蝶落進蜘蛛網中，一隻大蝴蝶飛來，將牠救出；之後又一隻小蝴蝶落入網中，大蝴蝶只在花叢上飛，卻不去救。這時被手下張千叫醒，審問殺人案件。

過程中，王大、王二都說葛彪是自己打死的，王三說葛彪是自己肚子痛死的，王母也說是自己打死的。包待制說這是串供，總要一人償命，要王大償命，王母不同意；要王二償命，王母也不同意；提到王三，王母同意了。包待制以為王三不是王母親生，詢問之下，才知王大、王二是前房之子，王三才是王母親生。

包待制想起夢中蝴蝶之事，將王家三個兒子都先關在死囚牢中，其後釋放王大、王二，將王三處死。王母與兩個兒子要去接回王三的屍體，卻遇見王三背著趙頑驢的屍體，原來包待制感念王母大賢，以死刑犯趙頑驢替代王三受死，饒了王三一命，並讓王家三個兒子各任官職，旌獎王母為賢德夫人。

【賞析】

正如前文說明元代刑法時提過，蒙古人打死漢人南人，是不須償命的。元代文網不像明清兩代動不動就是文字獄那麼嚴密，但也有一定的規約，因此元雜劇中並不直稱蒙古貴族做了什麼事，往往以「權豪勢要」代稱，而這些權豪勢要在劇中顯然並不需要背負刑責。於是，當清官斷案或平反冤獄時，並不（也無法）依律而判，而是運用各式各樣的智計來解決，這是當時環境中沒有辦法中的辦法。

《蝴蝶夢》也是一樣。葛彪打死王老漢，王大、王二打死葛彪，但葛彪原是打死人不須償命的權豪勢要，王家兄弟為報殺父之仇而打死他，身分地位的不平等，使整個事件不只是單純的「殺人償命」規例可解決，包拯審案時，重點不是在追究葛彪的罪刑，而是必須找出一人來抵葛彪之命。

劇中先以蝴蝶憐救其子的夢境，渲染了「預知先兆」的神祕色彩，更藉之宣稱惻隱之心，人皆有之，「你不救，等我救」的合法性，夢中的憐救小蝴蝶，等同於判案時護救王三，那麼以另一原判死罪的趙頑驢成為救贖的犧牲，也就「理所當然」了。何況王母為救前房之子，寧願割捨親生，在賢母形象的映照下，包拯的從權智計遂可被觀眾不加訾議的接受，而包拯也狡獪的運用了他掌握的權勢，暗暗嘲謔了當下的威權體制。

不過，如果就此打住，將成為太過鮮明的抗辯符碼，為了表明劇中的顛覆是無害的，天子依然聖明，皇權不容置疑，讓劇作家、演員、觀眾看完戲可以安心離開，劇末補上「聖人之命」：

> 大兒去隨朝勾當，第二的冠帶榮身，石和做中牟縣令，母親做賢德夫人。國家重義夫節婦，更愛那孝子順孫，聖明主加官賜賞，一齊的望闕謝恩。

在望闕謝恩之際，我們看到了權力的再製、分配及延伸。

親情劇

《蝴蝶夢》是公案劇，也是讚歎賢母的例子，有關母親的題材，還有《陳母教子》。

十一、《狀元堂陳母教子》

【劇情概要】

陳母馮氏育有三子一女，她教子嚴格，期望甚深，打算蓋一座狀元堂，建造期間，挖到一窖金銀，兒女認為是天賜錢財，陳母卻叫人就地掩埋，她認為「遺子黃金滿籯，不如教子一經」。春榜動，選場開，老大老二連續兩榜考上頭名狀元，自信滿滿的老三卻只得到第三名探花，該科狀元是西川錦州人王拱宸，陳母便將女兒嫁給了王狀元。

陳母生日，對未得狀元的三子不假辭色，冷言冷語，三子發憤圖強，再度赴考，終於奪下狀元，卻因收受友人贈送的錦緞，再度被母親教訓。寇準得知陳母大賢，請來相會，陳母由三子一婿四位狀元抬來，備極風光，寇準並奉聖旨，為陳家封官進爵。

【賞析】

《陳母教子》是隨著明代趙琦美《脈望館鈔校本古今雜劇》的發現才重見天日的，但自本劇再度問世就不斷被批評，二十世紀五〇年代以後，更因為陳母要求兒子考上狀元，被指為思想封建平庸，甚至有人主張把該劇從關作中剔除。在一個根本沒科舉，也沒有狀元的時代，狀元只不過是個虛幻的符號，包括作品中寫陳家老三因為只考上探花，三年後再度赴考奪得狀元，這當然也是純屬虛構不合實情的安排。

小說戲曲中的讀書人，一參加科舉就考上狀元，是從元代作品開始的，反正沒有科舉，就讓每個人都中狀元，補償生活中的缺憾，後來竟成習套。《陳母教子》中，以功名，特別是狀元，作為努力的唯一目標，當然是有點恐怖的事，但教子成名何嘗不是以往的時代許多父母的心願。

然而，就像為關漢卿貼上「正義」、「抗爭」標籤的未盡合宜，因《陳母教子》對社會制度的認同，遂目之為「御用」與「庸俗」[2]，也殊可不必。如果奔向更高層的權力系統以尋求安定和安心，是傳統知識分子不可抗拒的魅惑和宿命，則《陳母教子》這一本劇作的完成，也就毋須大加撻伐了。當我們預設了關漢卿作為異議者的身分，遂無由容忍他依循經典教誨。其實更重要的是，我們是否在《陳母教子》的文本論述之外，也看到閃爍、不安的聲音，看到關漢卿敢於直面人生、正視淋漓鮮血的個性，再度以消遣調謔的玩世態度，在文本深處竄動？否則，一門四狀元的《陳母教子》，怎會充滿滑稽、荒唐之感！

歷史劇

歷史故事原就是戲曲題材的泉源之一，時移事往，一時多少豪傑也都灰飛煙滅，半紙功名百戰身，轉頭高冢臥麒麟。相關作品有：

十二、《鄧夫人苦痛哭存孝》

【劇情概要】

李克用平定黃巢後，諸子中以李存孝戰功最為彪炳，克用應許將派存孝鎮守潞州。存孝原名安敬思，自幼父母雙亡，牧羊為生，克用為集結天下英雄，廣收義子，見存孝有打虎之力，也收為義兒家將，改名存孝。

在李克用的規劃中，另兩個兒子李存信和康君立將鎮守邢州，但存信與君立覺得潞州地大物博，而邢州接近黃巢舊部朱溫的地盤，比較危險，於是在酒宴中諂媚奉承，灌醉克用後，提出由存孝守邢州、他們倆守潞州的建議，克用同意後，在存孝與其妻鄧夫人前來赴宴時宣布。其他將領和存孝夫婦雖然希望克用能再三思，但克用已然醺醺大醉，存孝夫婦只能奉命前往邢州。

存信與君立怕存孝心中留有芥蒂，決定設計殺害存孝。存孝夫婦到邢州後，軍正民安，忽然存信、君立來訪，詐傳克用命令，要義兒家將各自認姓，命李存孝改回安敬思。存孝雖不願意，但不敢違抗父親的話，於是改回原來姓名。

存信、君立趕回克用處告知，並說存孝即將率領飛虎軍來殺克用。克用大怒，當下就要發兵，克用妻子劉夫人勸阻，認為存孝不是忘恩負義之人，她親自到邢州查看再說。

劉夫人到邢州，一路查訪，存孝果然改回原名，遂到存孝府中質問，存孝夫婦大驚，說明是存信、君立來傳命令的。劉夫人決定帶存孝回去揭穿謊言，鄧夫人擔心存孝回去會身陷危境，劉夫人表示有自己在旁，不必擔心。

回去後，李克用再度醉酒，劉夫人正設法向大醉的克用說明實情，存信、君立匆匆趕來，謊稱劉夫人親兒亞子（李存勖）打圍落馬，情況危急，劉夫人聽完，拋下存孝，趕去探望，存孝不免感歎「義兒親子假和真」。存信、君立擔心一旦克用酒醒，劉夫人說明真相後，他們倆會被殺，索性先下手為強，扭曲克用醉中話語，將李存孝五車裂身而死，等劉夫人知道上當後趕回，已經來不及了，只能嚎啕痛哭。

存孝妻子鄧夫人，拿著引魂幡，背著骨灰盒，回鄧家莊安葬丈夫。李克用、劉夫人、眾將與大軍，押著李存信、康君立到存孝靈前，同樣五車裂屍，為存孝報仇。

【賞析】

唐末世局混亂，英雄輩出，李存孝忠心被讒，車裂身亡，是人間不堪不忍之事，寫成小說、編為劇本，一向都在民間引起嗟歎與同情。本劇不由李克用或李存孝角度切入，而由李存孝的妻子鄧夫人和小校尉旁觀的視角吟唱，稍稍拉遠距離，又可有較全面的觀照。

正旦分別扮演鄧夫人和莽古歹，也就是小番，漢語指位置較低的校尉。正旦兼扮小番的例子，從元雜劇延伸到明清傳奇，扮演小番和扮演女主角，演唱方式和聲口當然會有差別，也就是讓正旦這門行當，有更多的表演空間。

本劇第三折的中呂宮套曲，接近諸宮調的說唱方式，把第一、二折演過的內容，以曲子重說一遍，在元雜劇《風雨像生貨郎旦》的張三姑，或清初傳奇《長生殿．彈詞》的李龜年，分別以【九轉或郎兒】重述往事，都是與此類似的手法。

十三、《關大王獨赴單刀會》

【劇情概要】

漢末三國鼎立，為對抗曹魏，東吳孫權與蜀漢劉備聯手合作，並結為親家。但蜀漢向東吳借的荊州卻久借不還，還派關羽駐守。吳國魯肅與黃文設下三計，擬索回荊州。第一計請關羽過江飲宴，以禮催討。若是不還，第二計驅離江上船隻，讓關羽無船可回，默然有悔，誠心獻還。若還行不通，第三計宴席中埋伏武士，將關羽一舉擒下，威脅劉備。

實行之前，為慎重起見，兩人先去請教吳國大老喬公。喬公力勸不可行，並說明蜀漢君臣赤壁之戰的厲害及關羽取西川時的英勇。魯肅不死心，又去請教好友司馬徽，邀他一起參加宴會。司馬徽表示若有關羽在，他是不赴宴的，講述蜀漢諸葛亮才智過人，黃忠、趙雲、馬超、張飛都不是好惹的，關羽更是勇悍無雙，加上喝了酒脾氣不好，若提到荊州，說不定會拿劍殺人，建議還是打消計畫為上策。

魯肅聽了，心裡也有些害怕，但荊州還是必須討還，派黃文親自將邀請函送到荊州，關公爽快答應。關平提醒關公宴無好宴，要不要重新考慮。關公表示千里獨行、五關斬將都不怕了，何懼區區宴席，於是和周倉單刀赴會，關平、關興則帶兵接應。

酒席中，魯肅提起荊州之事，不管他正說反說，關公毫不理會，進而索性恐嚇魯肅，說匣中之劍發出響聲，想要殺人，說不定會應在魯肅身上。魯肅打算啟動埋伏兵將，關公又以劍擊案，表示若有埋伏，就要動劍了。魯肅思索，眼看無法從關公手中要還荊州了，順水推舟，送他安然離開。

【賞析】

本劇是關漢卿向他的關姓祖先致敬，第一、二折由正末分別扮演喬公和司馬徽，鋪敘堆疊出關公的神威武勇，主角還沒上場，已經光芒萬丈。第三折關公「像個神道」一般出場，慨然接下黃文送來的請帖，第四折單刀赴會。這是一齣寫人，而不是敘事的戲。第四折曲文尤其精彩，如【駐馬聽】吟唱浩浩江水是「二十年流不盡的英雄血」，【沉醉東風】嵌入五個「漢」字，及赴會歸來，見「晚涼風冷蘆花謝」所唱【離亭宴帶歇指煞】更是躊躇滿志，意態瀟灑，可參見本書賞析一節所錄。

北曲的演唱方式，在明代前期已經失傳，《單刀會》卻被明代各選本保留，以「崑曲化的北曲」《刀會》的面貌，流傳至今。曲白雖稍有增刪，但仍可得其彷彿，並經歷代藝人加工調整，從唱工較重的戲，轉為唱唸做表並重的表演，成為演員挑戰「威毅中含儒雅」角色的代表作品。由於關公在民間信仰的崇高地位，《刀會》除了在劇場演出，也是宗教酬神活動的表演劇目，與《卸甲封王》、《六國封相》、《八仙慶壽》等，同為「儀式劇目」，為人間帶來吉泰安康。

十四、《關張雙赴西蜀夢》

【劇情概要】

劉備、關羽、張飛三人結拜後，肝膽相照，一起建立了許多功業。關、張各赴任所後，劉備日夜思念，使臣奉命原擬到荊州、閬州召還關、張，卻得知兩人死訊。諸葛亮見劉備終日不安、疑神疑鬼，於是觀天象占卜吉凶，發現賊星增豔彩，將星短光芒，心中憂慮。這時使臣回報，關、張兩人都已被賊人所害身亡。諸葛亮震動悲痛，又考慮到劉備目前身體不適，猶豫著要不要馬上稟知實情。

張飛被張達殺死後，魂魄駕著陰雲要回西川，想到以後不能再輔佐劉備，不能與關公並肩作戰，正在傷懷，竟然遇見關羽陰魂，才知關公已被糜芳、糜竺所害。關張互訴被害過程，並商定一起回去托夢劉備，請他代為報仇。

劉備躺在病床上休息，忽見關張二人出現，馬上問長問短，但關張不答，還退到角落。劉備心中不悅，詫異兄弟怎麼如此生分。月漸西沉，關張知道時間不多，忍住悲痛，向劉備道出真相，劉備痛哭不已。此時，諸葛亮前來探望，劉備激動的敘述夢中景象，諸葛亮含淚證實關張已死訊息，劉備下令，即刻派出大軍捉拿賊人，要為兄弟復仇。

【賞析】

在現存關漢卿劇本中，唯獨本劇只存曲文，科白全佚。本劇是末本，第一折是使臣主唱，第二折是諸葛亮主唱，第三、四折，則是張飛主唱。和《單刀會》以前兩折側寫關公的英武，三、四折關公氣勢萬千的登場不同，本劇一、二折分別寫使臣沿路驅馳，得知凶耗，及諸葛亮確認關張死訊，三、四折則是張飛陰魂的遺憾、淒惶、憤怒。英雄本應馬革裹屍，戰死沙場，關張兩人卻都因一時疏忽被小人所害，兩人一生功名蓋世，卻死得如此無謂，三十年結義之情中道斷絕，再不能輔佐君王，而一旦命歸九泉，「則落得村酒漁樵話兒講」。

《單刀會》寫英雄霸氣，《雙赴夢》寫英雄末路，一樣是流不盡的英雄血。

---

1 鄭騫〈關漢卿雜劇總目〉，《景午叢編》。

2 畢明星〈選擇與自由：關漢卿文化品格的哲學闡釋〉，《關漢卿研究新論》。石家莊：花山文藝出版社，一九八九年。

相關研究及評價

所有的評論與研究，都是對作品的後設思考。關漢卿既然是元代最重要的作家，其作品又數量豐富、質量精彩，且其劇本至今仍不斷被改編演出，後代學者從各角度和各層面進行研究，更已自成一種論述（discourse），有人直接稱為「關學」[1]，單是研究目錄就可編成好幾本書，更不用說內容的精審與完整。以下從元明清、十九世紀末二十世紀初、二十世紀六〇年代、二十世紀九〇年代以後這四個時期，綜述關學的發展。

自元代周德清在《中原音韻》將關漢卿列為「元曲四大家」之首，鍾嗣成《錄鬼簿》又列之於「前輩已死名公才人有所編傳奇行於世者」之後，元明清三代開始了相關的零散記錄，雖然篇幅不多，內容則包括小傳、交遊、逸聞、評論和作品著錄。元時，「漢卿」已成為傑出作家的代稱，出現了「小漢卿」、「蠻子漢卿」的稱號。而賈仲明為《錄鬼簿》補寫的【凌波仙】弔詞，稱他「驅梨園領袖，總編修師首，捻雜劇班頭」，與朱權《太和正音譜》：「關漢卿之詞，如瓊筵醉客。觀其詞語，乃可上可下之才。」各據崇關、貶關之一端，更引發了後代議論不休的劇壇位置爭辯。此外著墨較多的則在作品，特別是文字風格的討論上。

清末，王國維的研究範疇由哲學轉向詞曲，並進而投身戲曲，至民初共有戲曲論著十餘種，正式開啟戲曲研究的門徑。王國維特別推崇元雜劇，並宣告：「關漢卿一空倚傍，自鑄偉詞。而其言曲盡人情，字字本色，故當為元人第一。」王國維治學勤謹，論斷素來持之有故，言之成理，其說一出，殆為定論，之後學者雖也繼續對不同作家進行全面研究，但已很少有人再提出作家排名定位的問題。自此，中國文學史和戲劇史都以關漢卿為元雜劇巨擘，以關漢卿劇作為專題的考證和論述，也一時蔚為風氣。

一九五八年，關漢卿被列入「世界文化名人錄」，中國大陸展開規模宏大的「紀念關漢卿創作七百年」的學術與演藝活動，為期一週的「紀念關漢卿演出週」，至少有一百種不同的戲劇形式，一千五百個職業劇團，同時上演關漢卿劇本的改編本，並發表論文約六十篇，真的只能用「盛況空前」來形容。此後各種論文一再發表，研討會一開再開，各種論文集和專著紛紛出版，關漢卿研究成為顯學，「關學」正式成形。而這到底是幸還是不幸呢，關漢卿忽然成了被挪用的符號，各種鬥爭性、反抗性、現實性、人民性的標籤全貼到他身上，使關漢卿和他作品的本質反而面貌模糊。這種狀況一直延伸到二十世紀八〇年代。

時代進入二十世紀末，許多桎梏人心的口號與教條逐漸退散，在兩岸三地的華人文化圈中，關漢卿熱潮依舊，但研究方式已大有改變。各種關學論文和研討會持續進行，切入的角度終於回到戲曲本身，讓未來的關學有正面發展的可能。

長期以來的關漢卿研究，主要範疇包括：生平籍貫的考定、作品考定、劇本本事的考證、個別作品的研究、作品的特色和成就，以及劇作的改編和演出評論。日後當然還必須繼續發掘新的論題和研究方法，擴大對關漢卿作品的研究視野。

1 有關「關學」的發展現象，以曾永義〈關漢卿研究及其展望〉，及葉長海〈關漢卿評價檢討〉二文最為精審，推薦延伸閱讀。二文俱收於《關漢卿國際學術討論會論文集》。臺北市：行政院文化建設委員會，一九九四年。

經典賞析

關漢卿現存雜劇的內容與評述，已見上文；以下精選關漢卿劇作全本一、折子五，從原典本身進入作家的戲劇世界。關漢卿劇作中，最有名，也最重要的，當然是《感天動地竇娥冤》。劇本的情節轉折，劇中主配角人物的飽滿多姿，竇娥形象的溫婉與剛烈，加上文詞與音樂的激動人心，當然都是此劇成功的原因。何況從明清到當代，各個劇種和表演形式不斷改編演出，中、外學者更從各種角度反覆探討、研究，論著早已盈箱滿篋，更將此劇所代表的意義推向顛峰，因此具錄全劇，讀者可以完整的深入本劇，並了解關漢卿之所以冠絕古今的功力所在。

關漢卿作品以旦本為多，也的確擅寫各種不同身分、性格的女性。《竇娥冤》之後選錄四本各一折旦角為主的戲。

《趙盼兒風月救風塵》，是以社會底層的歌妓為主角，趙盼兒去拯救所嫁非人的姊妹宋引章。第三折，正是趙盼兒試圖迷惑周舍，以便取得周舍寫給宋引章的休書。周舍喜愛煙花粉黛，盼兒就以其人之道還治其身，全折充滿歡笑和機心，是極好看的老於世故的俠妓和花花太歲勢均力敵的決戰。

《詐妮子調風月》則是愛上富貴公子的小丫鬟，爭取自己愛情婚姻的歷程。第二折是丫頭燕燕發現和她互許終身的小千戶，移情別戀，又愛上千金小姐鶯鶯。在劇本設定的年代，丫鬟的「地位」原不能與公子小姐相提並論，但燕燕認為在愛情中的雙方應該是平等的，她先是胡亂猜疑，等得知實情後，醋勁大發，傷心、憤怒、痛悔。關漢卿在此折選擇了明快的曲詞，字句爽脆，形塑了歷代戲曲中，最有生命力，也最愛嬌的小丫鬟。

《望江亭中秋切鱠旦》則是守寡後再嫁的譚記兒，挺身而出，以智計對抗楊衙內，保護自己的丈夫和婚姻。第三折是譚記兒改扮成漁婦去迷惑楊衙內。關漢卿安排了衙內身旁兩個心腹之人張千、李稍，由他們來負責調笑滑稽的表演，使本折從刀頭上舔血的矇哄，轉為滿溢著輕鬆歡笑的氣息，展現了關漢卿對劇場氣氛的嫻熟掌握，示範了劇人之劇的寫作。

《鄧夫人苦痛哭存孝》是李存孝被讒喪命的故事，第三折關漢卿安排正旦扮演莽古歹（小番），以近乎說唱的方式，向李存孝的義母劉夫人講述存孝被殺經過，並勾勒存孝一生功業。特別選錄此折，除了因為此折由正旦扮小番、保存說唱遺跡，更因為關漢卿以灝爛豪辣之筆來歌頌李存孝這位一代英傑，是另一種風格的寫作形態。

關漢卿劇作現存末本三本，其中以《關大王獨赴單刀會》最是膾炙人口，而第四折更以《刀會》之名，至今在舞臺上傳唱不歇，賞析部分就以此折作結，從「二十年流不盡的英雄血」到「晚天涼風冷蘆花謝」，隨關漢卿向他「亦狂亦俠亦溫文」的同姓祖先關公致敬。

一、《感天動地竇娥冤》

楔子[1]

（卜兒[2]蔡婆上，詩云）花有重開日，人無再少年。不須長富貴，安樂是神仙[3]。老身[4]蔡婆婆是也。楚州人氏，嫡親[5]三口兒家屬。不幸夫主亡逝已過，止有一個孩兒，年長八歲。俺娘兒兩個，過其日月。家中頗有些錢財。這裡一個竇秀才，從去年問[6]我借了二十兩銀子，如今本利該銀四十兩。我數次索取，那竇秀才只說貧難，沒得還我。他有一個女兒，今年七歲，生得可喜，長得可愛。我有心看上他，與我家做個媳婦，就准[7]了這四十兩銀子，豈不兩得其便！他說今日好日辰，親送女兒到我家來。老身且不索錢去，專在家中等候。這早晚[8]竇秀才敢待[9]來也。

（沖末[10]扮竇天章，引正旦[11]扮端雲上，詩云）讀盡縹緗[12]萬卷書，可憐貧殺[13]馬相如[14]。漢庭一日承恩召，不說當壚說子虛。小生[15]姓竇，名天章，祖貫長安京兆人也。幼習儒業，飽有文章。爭奈時運不通，功名未遂。不幸渾家[16]亡化已過，撇下這個女孩兒，小字端雲。從三歲上亡了他母親，如今孩兒七歲了也。小生一貧如洗，流落在這楚州居住。此間一個蔡婆婆，他家廣有錢物；小生因無盤纏，曾借了他二十兩銀子，到今本利該對還他四十兩。他數次問小生索取。教我把甚麼還他？誰想蔡婆婆常常著人來說，要小生女孩兒做他兒媳婦。況如今春榜動，選場開[17]，正待上朝取應，又苦盤纏[18]缺少。小生出於無奈，只得將女孩兒端雲送與蔡婆婆做兒媳婦去。（做歎科，云）嗨！這個那裡是做媳婦？分明是賣與他一般。就准了他那先借的四十兩銀子，分外但得些少東西，勾[19]小生應舉之費，便也過望了。說話之間，早來到他家門首。婆婆在家麼？

（卜兒上，云）秀才，請家裡坐，老身等候多時也。

（做相見科，竇天章云）小生今日一徑的[20]將女孩兒送來與婆婆，怎敢說做媳婦，只與婆婆早晚使用。小生目下就要上朝進取功名去，留下女孩兒在此，只望婆婆看覷[21]則個[22]！

（卜兒云）這等，你是我親家了。你本利少我四十兩銀子，兀的[23]是借錢的文書，還了你；再送與你十兩銀子做盤纏。親家，你休嫌輕少。

（竇天章做謝科，云）多謝了婆婆！先少你許多銀子，都不要我還了，今又送我盤纏，此恩異日必當重報。婆婆，女孩兒早晚[24]呆癡，看小生薄面，看覷女孩兒咱[25]！

（卜兒云）親家，這不消[26]你囑咐。令愛到我家，就做親女兒一般看承他，你只管放心的去。

（竇天章云）婆婆，端雲孩兒該打呵，看小生面則罵幾句；當罵呵，則處分[27]幾句。孩兒，你也不比在我跟前，我是你親爺，將就的你。你如今在這裡，早晚[28]若頑劣呵，你只討那打罵吃。兒嚛，我也是出於無奈！（做悲科）（唱）[29]

【仙呂】【賞花時】我也只為無計營生四壁貧，因此上割捨得親兒在兩處分。從今日遠踐洛陽塵，又不知歸期定準，則落的無語暗消魂。（下）

（卜兒云）竇秀才留下他這女孩兒與我做媳婦兒，他一徑上朝應舉去了。

（正旦做悲科，云）爹爹，你直下的[30]撇了我孩兒去也！

（卜兒云）媳婦兒，你在我家，我是親婆，你是親媳婦，只當自家骨肉一般。你不要啼哭，跟著老身前後執料[31]去來[32]。（同下）

---

[1] 楔子：本來是木匠工作時，將小片的竹或木一端削成尖形，插入楯縫空隙中，作為連結之用。元

雜劇裡，則指的是四折之外較小的段落，有時放在劇本最前面，總起全劇；有時放在折與折間，類似後代的過場戲，在時空轉換時連結兩折的劇情。元雜劇全本由一人主唱，不過在楔子裡，其他角色也可以唱，唱時，通常只能唱【仙呂．賞花時】一支或兩支。

[2] 卜兒：元雜劇中扮演老婦人的角色。

[3] 元雜劇角色上場，慣例以四句詩總括個性，或目前所處情況。如下文竇天章上場，念「讀盡縹緗萬卷書」等四句。

[4] 老身：老婦人自稱。

[5] 嫡親：血緣關係最近的親屬。

[6] 問：向。

[7] 准：兩相抵充。

[8] 早晚：元代常用的話語，因上下文不同，意思也會稍有差別，這裡是指這個時候。

[9] 敢待：「敢」有推測的意思，大概。敢待，指即將、快要。

[10] 沖末：「末」是元雜劇的男性角色，如正末、副末、沖末、小末等。「沖」有首先的意思，沖末常是劇中最早上場的末角。

[11] 正旦：「旦」是元雜劇的女性角色，如正旦、副旦、外旦等。正旦通常即為第一女主角。

[12] 縹緗：縹，青白色的絲織品；緗，淺黃色的絲織品。古人常用這兩種絲織品做書套，縹緗就引申

為珍貴的書籍。

[13] 貧殺：「殺」同「煞」，「很」的意思，如俗話說的「窮死了」。

[14] 馬相如：司馬相如，他窮困的時候和妻子卓文君在小酒店壚邊賣酒，後以《子虛賦》得到漢武帝的賞識。

[15] 小生：古時青年男子自稱。

[16] 渾家：妻子。

[17] 春榜動，選場開：古時科舉考試和發榜，常在春季舉行。

[18] 盤纏：日常所需錢物，這裡專指路費。

[19] 勾：夠。

[20] 一徑的：一直的，直接的。

[21] 看覷：照顧。

[22] 則個：語尾助詞，有時寫成「者」或「著」。

[23] 兀的：這個。

[24] 早晚：這裡是指平時、經常。

[25] 咱：同者、著。

[26] 不消：不必，不用，也寫成不索。

[27] 處分：責備、批評。

[28] 早晚：這裡是指有時。

[29]《竇娥冤》是旦本，由正旦飾演竇娥主唱，因這裡是楔子，所以竇天章也可以唱。

[30] 直下的：直是、真的、竟然；下的，有時寫成「下得」，捨得、忍心。直下的，是指真的忍心。

[31] 執料：照料。

[32] 去來：去。來是語助詞，如「了」。

【賞析】

《竇娥冤》有《古名家雜劇》、臧晉叔《元曲選》，及《酹江集》三種版本。經學者研究，《古名家雜劇》本文字較為質樸，被認為較接近原貌。《元曲選》版本經臧晉叔編選後流傳最廣，數百年間有關《竇娥冤》的研究都以此版為據，結構由一楔子加四折組成，脈絡較為清楚；其中部分文字華麗，可能經過明人修改。

不過，《古名家雜劇》雖然詞語樸素，但無楔子，尤其不稱「折」而稱「齣」，可能也是明人改動痕跡，除非專門研究元雜劇的學者，一般讀者可能會混淆不清。何況分段時有些錯雜之處（如把第二折後半賓白曲文放進第三齣），加上有些文句或身段動作的描述，也有可斟酌處（如竇天章將女兒託付給蔡婆時，《古名家雜劇》本竇天章有下跪動作，《元曲選》本與《酹江集》本則無，較為合理）。至於《酹江集》本與《元曲選》本結構、文詞、題目正名等，都大致相同或較為相近。考慮再三，本書仍選取大家最熟悉的《元曲選》版本。

楔子放在全劇最前面時，功用是總起全劇或交代背景。本劇楔子，是敘述竇天章無力償還向蔡婆借的高利貸，只好把七歲的女兒端雲送給蔡婆家當媳婦，額外又拿到蔡婆送他的路費，上京趕考。

第一折開始，蔡婆的兒子已經過世，家裡是蔡婆和已經改名的竇娥兩代寡婦，十三年的時間流轉，藉楔子和第一折的跳接，做了很好的區隔。

楔子裡的高利貸這一條線繼續在後面的劇情中發展，兩代寡婦不事營生，就是靠放高利貸過活。而賽盧醫也是因為還不起高利貸才惡向膽邊生，決定勒死蔡婆，而引出張家父子救了蔡婆，並到蔡家居住，導致後續的冤獄。

楔子中另一個重要的暗示，是竇娥七歲時，因為父親無法償債，被動的做了替罪羔羊。而後續整個劇本，更是婆婆引狼入室後，發生毒殺事件，竇娥為不忍婆婆受到刑求，主動成為替罪羔羊，將命也捨了。兩度成為無辜的獻祭犧牲，她終於不再沉默的聽天由命，而是悲憤哀告，測試天地是否仍有正義存在。

趕考中舉的竇天章，則當了兩淮提刑肅政廉訪使，為女兒平反冤獄。短短的一個楔子，意義豐富，是極為精彩的寫作。

第一折

（淨[1]扮賽盧醫[2]上，詩云）行醫有斟酌，下藥依《本草》[3]。死的醫不活，活的醫死了。自家姓盧，人道我一手好醫，都叫做賽盧醫。在這山陽縣南門開著生藥局[4]。在城[5]有個蔡婆婆，我問他借了十兩銀子，本利該還他二十兩；數次來討這銀子，我又無的還他。若不來便罷，若來呵，我自有個主意！我且在這藥鋪中坐下，看有甚麼人來。

（卜兒上，云）老身蔡婆婆。我一向搬在山陽縣居住，盡也靜辦[6]。自十三年前竇天章秀才留下端雲孩兒與我做兒媳婦，改了他小名，喚做竇娥。自成親之後，不上二年，不想我這孩兒害弱症死了。媳婦兒守寡，又早三個年頭，服孝將除[7]了也。我和媳婦兒說知，我往城外賽盧醫家索錢去也。（做行科，云）驀過隅頭[8]，轉過屋角，早來到他家門首。賽盧醫在家麼？

（盧醫云）婆婆，家裡來。

（卜兒云）我這兩個銀子長遠了，你還了我罷。

（盧醫云）婆婆，我家裡無銀子，你跟我莊上去取銀子還你。

（卜兒云）我跟你去。

（做行科）

（盧醫云）來到此處，東也無人，西也無人，這裡不下手，等甚麼？我隨身帶的有繩子。兀那[9]婆婆，誰喚你哩？

（卜兒云）在那裡？

（做勒卜兒科。孛老[10]同副淨張驢兒衝上，賽盧醫慌走下。孛老救卜兒科。）

（張驢兒云）爹，是個婆婆，爭些[11]勒殺了。

（孛老云）兀那婆婆，你是那裡人氏？姓甚名誰？因甚著這個人將你勒死？

（卜兒云）老身姓蔡，在城人氏，止有個寡媳婦兒，相守過日。因為賽盧醫少我二十兩銀子，今日與他取討；誰想他賺[12]我到無人去處，要勒死我，賴這銀子。若不是遇著老的和哥哥呵，那得老身性命來！

（張驢兒云）爹，你聽的他說麼？他家還有個媳婦哩！救了他性命，他少不得要謝我。不若你要這婆子，我要他媳婦兒，何等兩便？你和他說去。

（孛老云）兀那婆婆，你無丈夫，我無渾家，你肯與我做個老婆，意下如何？

（卜兒云）是何言語！待我回家，多備些錢鈔相謝。

（張驢兒云）你敢[13]是不肯，故意將錢鈔哄我？賽盧醫的繩子還在，我仍舊勒死了你罷。（做拿繩科）

（卜兒云）哥哥，待我慢慢地尋思咱！

（張驢兒云）你尋思些甚麼？你隨我老子，我便要你媳婦兒。

（卜兒背云[14]）我不依他，他又勒殺我。罷、罷、罷，你爺兒兩個，隨我到家中去來。

（同下）

（正旦上，云）妾身姓竇，小字端雲，祖居楚州人氏。我三歲上亡了母親，七歲上離了父親。俺父親將我嫁與蔡婆婆為兒媳婦，改名竇娥，至十七歲與夫成親。不幸丈夫亡化，可早三年光景，我今二十歲也。這南門外有個賽盧醫，他少俺婆婆銀子，本利該二十兩，數次索取不還。今日俺婆婆親自索取去了。竇娥也，你這命好苦也呵！（唱）

【仙呂】【點絳唇】滿腹閒愁，數年禁受[15]，天知否？天若是知我情由，怕不待和天瘦。

【混江龍】則問那黃昏白晝，兩般兒忘餐廢寢幾時休？大都來[16]昨宵夢裡，和著這今日心頭。催人淚的是錦爛熳花枝橫繡闥[17]，斷人腸的是剔團圞[18]月色掛妝樓。長則是急煎煎按不住意中焦，悶沉沉展不徹眉尖皺，越覺的情懷冗冗[19]，心緒悠悠。

（云）似這等憂愁，不知幾時是了[20]也呵！（唱）

【油葫蘆】莫不是八字兒[21]該載著一世憂？誰似我無盡頭！須知道人心不似水長流。我從三歲母親身亡後，到七歲與父分離久。嫁的個同住人[22]，他可又拔著短籌[23]；撇的俺婆婦每[24]都把空房守，端的個有誰問，有誰偢[25]？

【天下樂】莫不是前世裡燒香不到頭[26]，今也波生[27]招禍尤？勸今人早將來世修。我將這婆侍養，我將這服孝守，我言詞須應口。

（云）婆婆索錢去了，怎生[28]這早晚不見回來？

（卜兒同孛老、張驢兒上）

（卜兒云）你爺兒兩個且在門首，等我先進去。

（張驢兒云）妳妳[29]，你先進去，就說女婿在門首哩。

（卜兒見正旦科）

（正旦云）妳妳回來了。你吃飯麼？

（卜兒做哭科，云）孩兒也，你教我怎生說波[30]！（正旦唱）

【一半兒】為甚麼淚漫漫不住點兒流？莫不是為索債與人家惹爭鬥？我這裡連忙迎接慌問候，他那裡要說緣由。（卜兒云）羞人答答的，教我怎生說波！（正旦唱）則見他一半兒徘徊一半兒醜。

（云）婆婆，你為甚麼煩惱啼哭那？

（卜兒云）我問賽盧醫討銀子去，他賺我到無人去處，行起凶來，要勒死我。虧了一個張老並他兒子張驢兒，救得我性命。那張老就要我招他做丈夫，因這等煩惱。

（正旦云）婆婆，這個怕不中[31]麼！你再尋思咱：俺家裡又不是沒有飯吃，沒有衣穿，又不是少欠錢債，被人催逼不過；況你年紀高大，六十以外的人，怎生又招丈夫那？

（卜兒云）孩兒也，你說的豈不是！但是我的性命全虧他這爺兒兩個救的。我也曾說道：待我到家，多將[32]些錢物酬謝你救命之恩。不知他怎生知道我家裡有個媳婦兒，道我婆媳婦又沒老公，他爺兒兩個又沒老婆，正是天緣天對。若不隨順他，依舊要勒死我。那時節我就慌張了，莫說自己許了他，連你也許了他。兒也，這也是出於無奈。

（正旦云）婆婆，你聽我說波。（唱）

【後庭花】避凶神要擇好日頭，拜家堂要將香火修。梳著個霜雪般白鬏髻[33]，怎將這雲霞般錦帕兜[34]？怪不的女大不中留[35]。你如今六旬左右，可不道[36]到中年萬事休！舊恩愛一筆勾，新夫妻兩意投，枉教人笑破口！

（卜兒云）我的性命都是他爺兒兩個救的，事到如今，也顧不得別人笑話了。（正旦唱）

【青哥兒】你雖然是得他、得他營救，須不是筍條[37]、筍條年幼，剗的[38]便巧畫蛾眉成配偶？想當初你夫主遺留，替你圖謀，置下田疇，早晚羹粥，寒暑衣裘。滿望你鰥寡孤獨，無捱無靠，母子每到白頭。公公也，則落得乾生受[39]！

（卜兒云）孩兒也，他如今只待過門。喜事匆匆的，教我怎生回得他去？（正旦唱）

【寄生草】你道他匆匆喜，我替你倒細細愁：愁則愁興闌刪[40]咽不下交歡酒，愁則愁眼昏騰[41]扭不上同心扣，愁則愁意朦朧睡不穩芙蓉褥。你待要笙歌引至畫堂前，我道這姻緣敢落在他人後[42]。

（卜兒云）孩兒也，再不要說我了。他爺兒兩個都在門首等候，事已至此，不若連你也招了女婿罷！

（正旦云）婆婆，你要招你自招，我並然[43]不要女婿。

（卜兒云）那個是要女婿的？爭奈他爺兒兩個自家捱[44]過門來，教我如何是好？

（張驢兒云）我們今日招過門去也。帽兒光光，今日做個新郎；袖兒窄窄，今日做個嬌客[45]。好女婿，好女婿，不枉了，不枉了。

（同孛老入拜科）

（正旦做不禮[46]科，云）兀那廝[47]，靠後！（唱）

【賺煞】我想這婦人每休信那男兒口。婆婆也，怕沒的貞心兒自守，到今日招著個村老子[48]，領著個半死囚[49]。（張驢兒做嘴臉[50]科，云）你看我爺兒兩個這等身段，盡[51]也選得女婿過，你不要錯過了好時辰，我和你早些兒拜堂罷。（正旦不禮科，唱）則被你坑殺人燕侶鶯儔。婆婆也，你豈不知羞！俺公公撞府沖州[52]，[53]的銅斗兒家緣[54]百事有。想著俺公公置就，怎忍教張驢兒情受[55]？（張驢兒做扯正旦拜科，正旦推跌科，唱）兀的不是俺沒丈夫

的婦女下場頭！（下）

（卜兒云）你老人家不要惱躁。難道你有活命之恩，我豈不思量報你？只是我那媳婦兒氣性最不好惹的，既是他不肯招你兒子，教我怎好招你老人家？我如今拚[56]的好酒好飯，養你爺兒兩個在家，待我慢慢的勸化俺媳婦兒。待他有個回心轉意，再作區處[57]。

（張驢兒云）這歪剌骨[58]！便是黃花女兒[59]，剛剛扯的一把，也不消這等使性，平空的推了我一交[60]，我肯干罷[61]！就當面賭個誓與你：我今生今世不要他做老婆，我也不算好男子！（詞云）[62]美婦人我見過萬千向外[63]，不似這小妮子生得十分憊賴[64]。我救了你老性命死裡重生，怎割捨得不肯把肉身陪待？（同下）

---

[1] 淨：元雜劇角色，通常扮演奸惡狡猾、滑稽突梯之人，因戲分多寡又分為淨、副淨。

[2] 賽盧醫：賽，是趕得上、比得過的意思。盧醫是指古代良醫扁鵲，因家住盧地，人稱盧醫。元雜劇常稱庸醫為賽盧醫，是故意以反意嘲諷、開玩笑。

[3] 《本草》：中國研究藥物的書名。有《神農本草經》、《唐本草》、《開寶本草》等。

[4] 生藥局：中藥店。

[5] 在城：本城。

[6] 靜辦：安靜、清靜。

[7] 服孝將除：親人過世，生者為死者穿孝服守孝，稱為服孝，服孝時間依彼此關係遠近，時間有別。服孝將除，指孝期已滿，結束守孝。

[8] 驀過隅頭：「驀」同「邁」，驀過就是邁過、跨過、走過。隅是角落，隅頭指牆角。

[9] 兀那：「兀」是宋元習用的發語詞，「兀那」就是「那」。

[10] 孛老：元雜劇稱男性老人為孛老，義同老頭。

[11] 爭些：差一點。

[12] 賺：欺騙。

[13] 敢：莫非、難道。

[14] 背云：戲曲中，演員背對其他角色說話，代表其內心思索。

[15] 禁受：忍耐、忍受。

[16] 大都來：算來。

[17] 繡闥：「闥」是「門」，指繪有錦繡花枝的門。

[18] 剔團圞：剔有明亮透徹的意思；團圞是圓。剔團圞是形容圓圓的月亮光輝明亮透徹。

[19] 冗冗：雜亂、煩躁。

[20] 了：結束。

[21] 八字兒：指一個人出生時的年、月、日、時的干支，古人相信這四個干支的八個字，會影響一生的命運。

[22] 同住人：一起生活的人，通常指丈夫。

[23] 拔著短籌：籌是計數的竹籤，上面刻著數字，有時也以數字大小占卜吉凶。拔著短籌，是指抽到數字較少的籤，元雜劇中常用來形容短命或半途而廢。

[24] 婆婦每：「每」同「們」，婆媳們。

[25] 偢：理睬。

[26] 前世裡燒香不到頭：民間認為今世白頭偕老的夫婦，前世曾經一起燒香，而且香是燒到底的。如果前世裡燒香不到頭，今生就無法白頭偕老。

[27] 今也波生：「也波」是句中襯字，不具意義，「今也波生」就是「今生」。

[28] 怎生：怎麼。

[29] 妳妳：奶奶，對老年婦女的稱呼，下文「妳妳」，是竇娥對婆婆的稱呼。

[30] 波：語尾助詞，吧。

[31] 不中：不行，不合適。

[32] 將：拿。

[33] 鬏髻：古代婦女頭上套網的假髮，是一種裝飾性的假髻。

[34] 錦帕兜：錦帕是漂亮的頭巾；兜，是罩住，蓋住。古人結婚，新娘要用漂亮的頭巾蓋住頭，婚禮後再由新郎將頭巾取下。

[35] 女大不中留：原是說女孩子到結婚年齡，要讓她出嫁，不要留在家中。這裡用反語嘲諷蔡婆年紀已大，還要做新娘。

[36] 可不道：豈不知。

[37] 筍條：竹根所生的幼芽，比喻年輕。

[38] 剗地：無緣無故地，平白地。

[39] 乾生受：白受辛苦。

[40] 興闌刪：闌刪有時寫成闌珊，興闌刪指提不起勁。

[41] 昏騰：模糊不清，迷迷糊糊。

[42] 敢落在他人後：可能要被人嘲笑。敢，指可能、大概。

[43] 並然：斷然、絕對。

[44] 捱：靠。

[45] 嬌客：女婿。

[46] 不禮：不理。

[47] 廝：男子的賤稱，那「廝」就是「那傢伙」。

[48] 村老子：粗野的老頭子。

[49] 半死囚：罵人的話，如俗話「要死的東西」。

[50] 做嘴臉：做出各種怪表情。

[51] 盡：同「儘」，很能夠，很過得去。

[52] 撞府沖州：「沖」同「衝」，走南闖北，到過許多地方。

[53] 掙挫：或作掙揣、掙側，努力謀取。

[54] 銅斗兒家緣：比喻殷實、牢固不敗的家產。

[55] 情受：承受、繼承。

[56] 拚：豁出去。

[57] 區處：處理。

[58] 歪剌骨：賤骨頭、潑辣，罵婦女的話。

[59] 黃花女兒：未婚女子、處女。

[60] 交：跤。

[61] 干罷：也寫成「甘罷」，善罷干休，算了的意思。

[62] 詞云：元雜劇演出時，劇中人物下場前，以押韻的方式朗誦的句子。

[63] 向外：以上、更多。

[64] 儱賴：潑辣、賴皮、不講理。

【賞析】

元雜劇既是一人主唱，除了主角，配角都只能說白，這原本是限制，關漢卿卻能突破限制，以道白和動作來塑造人物、推動劇情，將幾位配角人物寫得深刻生動，並在女主角竇娥還沒上場前，就把她推到危險的境遇中。

第一折和楔子相隔十三年，蔡婆繼續放高利貸為生。賽盧醫因為還不起錢，當蔡婆來要債時，把蔡婆騙到荒僻處，想要勒死她。幸而張老、張驢兒經過，救了蔡婆一命。不過，原以為是貴人的張家父子，原來也不是什麼好人，這在劇情上又是一個翻轉，以為解除了賽盧醫殺人的危險，馬上又陷入新的危機中。因蔡婆言語不慎，張家父子得知蔡婆家中還有一位守寡媳婦，兩人賴到蔡家居住，打算由張老娶蔡婆，張驢兒娶竇娥。蔡婆是懦弱的人，一方面感念救命之恩，一方面害怕再度招來殺身之禍，不免有些猶豫。

竇娥在完全不知自己已然身陷危境的情形下上場，她三歲喪母，七歲被父親送給別人抵債，十七歲嫁了蔡婆之子，丈夫又早早亡故，她其實並不知道未來的生活能有什麼希望，只能想成是自己八字不好、前世未修，消極的鼓勵自己今生好好修行、好好孝順婆婆。當她得知平空跑出一對父子要娶婆婆和自己，簡直大驚失色，又看到婆婆竟似有應允之意，慌亂中對婆婆說之以理、動之以情，甚至以超乎常情的言詞，憤怒的斥責、嘲諷婆婆，藉著指責婆婆來加強自己的守節意圖和道德概念。當一位年輕的寡婦嘲弄年老的寡婦想要改嫁的念頭，是何等的荒誕和教人不忍。可是，張家父子還是住下來了，而且由於竇娥的反抗和拒斥，張驢兒發誓一定要將竇娥娶到手，本折結束時，已然山雨欲來風滿樓了。

第二折

（賽盧醫上，詩云）小子太醫[1]出身，也不知道醫死多人。何嘗怕人告發，關了一日店門？在城有箇蔡家婆子，剛少的他二十兩花銀，屢屢親來索取，爭些撚斷脊筋[2]。也是我一時智短，將他賺到荒村，撞見兩個不識姓名男子，一聲嚷道：「浪蕩乾坤，怎敢行兇撒潑，擅自勒死平民！」嚇得我丟了繩索，放開腳步飛奔。雖然一夜無事，終覺失精落魂；方知人命關天關地，如何看做壁上灰塵？從今改過行業，要得滅罪修因。將以前醫死的性命，一箇箇都與他一卷超度的經文[3]。小子賽盧醫的便是。只為要賴蔡婆婆二十兩銀子，賺他到荒僻去處，正待勒死他，誰想遇見兩個漢子，救了他去。若是再來討債時節，教我怎生見他？常言道的好：三十六計，走為上計。喜得我是孤身，又無家小連累；不若收拾了細軟行李，打個包兒，悄悄的躲到別處，另做營生，豈不乾淨！

（張驢兒上，云）自家張驢兒。可奈[4]那竇娥百般的不肯隨順我；如今那老婆子害病，我討服毒藥與他吃了，藥死那老婆子，這小妮子好歹[5]做我的老婆。（做行科，云）且住，城裡人耳目廣，口舌多，倘見我討毒藥，可不嚷出事來？我前日看見南門外有個藥舖，此處冷靜，正好討藥。（做到科，叫云）太醫哥哥，我來討藥的。

（賽盧醫云）你討什麼藥？

（張驢兒云）我討服毒藥。

（賽盧醫云）誰敢合毒藥與你？這廝好大膽也！

（張驢兒云）你真箇不肯與[6]我藥麼？

（賽盧醫云）我不與你，你就怎地我？

（張驢兒做拖盧云）好呀，前日謀死蔡婆婆的不是你來！你說我不認的你哩，我拖你見官去！

（賽盧醫做慌科，云）大哥，你放我，有藥，有藥。

（做與藥科，張驢兒云）既然有了藥，且饒你罷。正是[7]：得放手時須放手，得饒人處且饒人。（下）

（賽盧醫云）可不悔氣[8]！剛剛討藥的這人，就是救那婆子的。我今日與了他這服毒藥去了，以後事發，越越要連累我。趁早兒關上藥鋪，到涿州賣老鼠藥去也。（下）

（卜兒上，做病伏几科）

（孛老同張驢兒上，云）老漢自到蔡婆婆家來，本望做個接腳[9]，卻被他媳婦堅執不從。那婆婆一向收留俺爺兒兩個在家同住，只說好事不在忙，等慢慢裡勸轉他媳婦；誰想那婆婆又害起病來。孩兒，你可曾算我兩個的八字，紅鸞天喜[10]幾時到命哩？

（張驢兒云）要看甚麼天喜到命！只賭本事[11]，做得去，自去做。

（孛老云）孩兒也，蔡婆婆害病好幾日了，我與你去問病波。

（做見卜兒問科，云）婆婆，你今日病體如何？

（卜兒云）我身子十分不快[12]哩。

（孛老云）你可想些什麼吃？

（卜兒云）我思量些羊肚兒湯吃。

（孛老云）孩兒，你對竇娥說，做些羊肚兒湯與婆婆吃。

（張驢兒向古門[13]云）竇娥，婆婆想羊肚兒湯吃，快安排將來。

（正旦持湯上，云）妾身竇娥是也。有俺婆婆不快，想羊肚湯吃，我親自安排了與婆婆吃去。婆婆也，我這寡婦人家，凡事也要避些嫌疑，怎好收留那張驢兒父子兩個？非親非眷的，一家兒同住，豈不惹外人談議？婆婆也，你莫要背地裡許了他親事，連我也累做不清不潔的。我想這婦人心，好難保也呵！（唱）

【南呂】【一枝花】他則待一生鴛帳眠，那裡肯半夜空房睡；他本是張郎婦，又做了李郎妻。有一等[14]婦女每相隨[15]，並不說家克計[16]，則打聽些閒是非；說一會不明白打鳳[17]的機關，使了些調虛囂[18]撈龍的見識[19]。

【梁州第七】這一個似卓氏般當壚滌器，這一個似孟光般舉案齊眉[20]，說的來藏頭蓋腳多伶俐！道著難曉，做出才知。舊恩忘卻，新愛偏宜；墳頭上土脈猶濕，架兒上又換新衣。那裡有奔喪處哭倒長城[21]？那裡有浣紗時甘投大水[22]？那裡有上山來便化頑石[23]？可悲，可恥！婦人家直恁的無仁義。多淫奔，少志氣，虧殺前人在那裡，更休說本性難移。

（云）婆婆，羊肚兒湯做成了，你吃些兒波。

（張驢兒云）等我拿去。

（做接嘗科，云）這裡面少些鹽醋，你去取來。（正旦下）

（張驢兒放藥科）
（正旦上，云）這不是鹽醋！
（張驢兒云）你傾下些。（正旦唱）
【隔尾】你說道少鹽欠醋無滋味，加料添椒才脆美。但願娘親早痊濟，飲羹湯一杯，勝甘露灌體，得一個身子平安倒大來[24]喜。
（孛老云）孩兒，羊肚湯有了不曾？
（張驢兒云）湯有了，你拿過去。
（孛老將湯云）婆婆，你吃些湯兒。
（卜兒云）有累你。（做嘔科，云）我如今打嘔，不要這湯吃了，你老人家吃罷。
（孛老云）這湯特做來與你吃的，便不要吃，也吃一口兒。
（卜兒云）我不吃了，你老人家請吃。
（孛老吃科）（正旦唱）
【賀新郎】一個道你請吃，一個道婆先吃，這言語聽也難聽，我可是氣也不氣！想他家與咱家有甚的親和戚？怎不記舊日夫妻情意，也曾有百縱千隨？婆婆也，你莫不為黃金浮世寶，白髮故人稀，因此上把舊恩情，全不比新知契？則待要百年同墓穴，那裡肯千里送寒衣？

（孛老云）我吃下這湯去，怎覺昏昏沉沉的起來？（做倒科）

（卜兒慌科，云）你老人家放精神[25]著，你掙扎[26]著些兒。（做哭科，云）兀的不是死了也！（正旦唱）

【鬥蝦蟆】空悲戚，沒理會，人生死，是輪迴。感著這般病疾，值著這般時勢，可是風寒暑濕，或是饑飽勞役，各人症候自知。人命關天關地，別人怎生替得？壽數非干今世。相守三朝五夕，說甚一家一計？又無羊酒緞匹，又無花紅財禮；把手為活過日，撒手如同休棄。不是竇娥忤逆，生怕旁人論議。不如聽咱勸你，認個自家悔氣，割捨的一具棺材停置，幾件布帛收拾，出了咱家門裡，送入他家墳地。這不是你那從小兒年紀指腳的夫妻[27]。我其實不關親，無半點恓惶淚。休得要心如醉，意似癡，便這等嗟嗟怨怨，哭哭啼啼。

（張驢兒云）好也囉！你把我老子藥死了，更待幹罷[28]！

（卜兒云）孩兒，這事怎了也？

（正旦云）我有什麼藥在那裡？都是他要鹽醋時，自家傾在湯兒裡的。（唱）

【隔尾】這廝搬調咱老母收留你，自藥死親爺待要唬嚇誰？（張驢兒云）我家的老子，倒說是我做兒子的藥死了，人也不信。（做叫科，云）四鄰八舍聽著：竇娥藥殺我家老子哩！（卜兒云）罷麼，你不要大驚小怪的，嚇殺我也！（張驢兒云）你可怕麼？（卜兒云）可知怕哩。（張驢兒云）你要饒麼？（卜兒云）可知要饒哩。（張驢兒云）你教竇娥隨順了我，叫我三聲的的親親[29]的丈夫，我便饒了他。（卜兒云）孩兒也，你隨順了他罷。（正旦云）婆婆，你怎說這般言語！（唱）我一馬難將兩鞍鞴[30]，想男兒在日曾兩年匹配，卻教我改嫁別人，其實做不得。

（張驢兒云）竇娥，你藥殺了俺老子，你要官休？要私休？

（正旦云）怎生是官休？怎生是私休？

（張驢兒云）你要官休呵，拖你到官司，把你三推六問[31]！你這等瘦弱身子，當不過拷打，怕你不招認藥死我老子的罪犯！你要私休呵，你早些與我做了老婆，倒也便宜了你。

（正旦云）我又不曾藥死你老子，情願和你見官去來。

（張驢兒拖正旦、卜兒下）

（淨扮孤[32]引祇候[33]上，詩云）我做官人勝別人，告狀來的要金銀。若是上司當刷卷[34]，在家推病不出門。下官楚州太守桃杌是也。今早升廳坐衙[35]，左右，喝攛廂[36]。（祇候吆喝科）

（張驢兒拖正旦、卜兒上，云）告狀，告狀！

（祇候云）拿過來。

（做跪見，孤亦跪科，云）請起。

（祇候云）相公，他是告狀的，怎生跪著他？

（孤云）你不知道，但來告狀的，就是我衣食父母。

（祇候吆喝科，孤云）那個是原告？那個是被告？從實說來！

（張驢兒云）小人是原告張驢兒，告這媳婦兒，喚做竇娥，合毒藥下在羊肚湯兒裡，藥死了俺的老子。這個喚做蔡婆婆，就是俺的後母。望大人與小人做主咱！

（孤云）是那一個下的毒藥？

（正旦云）不干小婦人事。

（卜兒云）也不干老婦人事。

（張驢兒云）也不干我事。

（孤云）都不是，敢是我下的毒藥來？

（正旦云）我婆婆也不是他後母，他自姓張，我家姓蔡。我婆婆因為與賽盧醫索錢，被他賺到郊外勒死，我婆婆卻得他爺兒兩個救了性命。因此我婆婆收留他爺兒兩個在家養膳[37]終身，報他的恩德。誰知他兩個倒起不良之心，冒認婆婆做了接腳，要逼勒小婦人做他媳婦。小婦人元是[38]有丈夫的，服孝未滿，堅執不從。適值我婆婆患病，著小婦人安排羊肚湯兒吃。不知張驢兒那裡討得毒藥在身，接過湯來，只說少些鹽醋，支轉[39]小婦人，暗地傾下毒藥。也是天幸，我婆婆忽然嘔吐，不要湯吃，讓與他老子吃；才吃的幾口便死了，與小婦人並無干涉[40]。只望大人高抬明鏡[41]，替小婦人做主咱！（唱）

【牧羊關】大人你明如鏡，清似水，照妾身肝膽虛實。那羹本五味俱全，除了外百事不知。他推道嘗滋味，吃下去便昏迷。不是妾訟庭上胡支對[42]，大人也，卻教我平白地說甚的？

（張驢兒云）大人詳情：他自姓蔡，我自姓張。他婆婆不招俺父親接腳，他養我父子兩個在家做什麼？這媳婦兒年紀雖小，極是個賴骨頑皮[43]，不怕打的。

（孤云）人是賤蟲，不打不招。左右，與我選大棍子打著！

（祗候打正旦，三次噴水科）

（正旦唱）

【罵玉郎】這無情棍棒教我捱不的。婆婆也，須是你自做下，怨他誰？勸普天下前婚後嫁婆娘每，都看取我這般傍州例[44]。

【感皇恩】呀！是誰人唱叫揚疾[45]，不由我不魄散魂飛。恰消停，才蘇醒，又昏迷。捱千般打拷，萬種凌逼，一杖下，一道血，一層皮。

【採茶歌】打的我肉都飛，血淋漓，腹中冤枉有誰知！則我這小婦人毒藥來從何處也？天那，怎麼的覆盆不照太陽暉[46]！

（孤云）你招也不招？

（正旦云）委的不是小婦人下毒藥來。

（孤云）既然不是，你與我打那婆子！

（正旦忙云）住、住、住，休打我婆婆。情願我招了罷，是我藥死公公來。

（孤云）既然招了，著他畫了伏狀[47]，將枷來枷上，下在死囚牢裡去。到來日判個斬字，押付市曹[48]典刑[49]。

（卜兒哭科，云）竇娥孩兒，這都是我送了你性命。兀的不痛殺我也！（正旦唱）

【黃鍾尾】我做了個銜冤負屈沒頭鬼，怎肯便放了你好色荒淫漏面賊[50]！想人心不可欺，冤枉事天地知，爭到頭，競到底，到如今待怎的？情願認藥殺公公，與了招罪。婆婆也，我若是不死呵，如何救得你？（隨祗候押下）

（張驢兒做叩頭科，云）謝青天老爺做主！明日殺了竇娥，才與小人的老子報的冤。

（卜兒哭科，云）明日市曹中殺竇娥孩兒也，兀的不痛殺我也！

（孤云）張驢兒、蔡婆婆，都取保狀，著隨衙[51]聽候。左右，打散堂鼓[52]，將馬來，回私宅去也。（同下）

---

[1] 太醫：專為皇帝及皇家治病的機構，宋代稱為太醫局，元代稱為太醫院，在裡頭供職的醫生稱為太醫，後來也引申為對一般醫生的稱呼。

[2] 捻斷脊筋：捻斷，即戳斷，這裡引申為指指戳戳。捻斷脊筋是指在背後指指畫畫批評人。

[3] 從「嚇得我丟了繩索，放開腳步飛奔」到「一箇箇都與他一卷超度的經文」是押韻、類似說唱的文字，讓無法演唱的配角，也有機會展現聲音表演。

[4] 可奈：同叵耐，可恨。

[5] 好歹：無論如何。

[6] 與：給。

[7] 正是：戲曲演出時，劇中人下場前常會以「正是」二字，接唸兩句或四句對句。

[8] 悔氣：「悔」同「晦」，倒楣。

[9] 接腳：即接腳婿，前夫死後再招的丈夫。

[10] 紅鸞天喜：紅鸞，指紅鸞星，命運中有紅鸞星，主婚姻成就。天喜，指日支與月建相合的日子，如寅月逢戌日，卯月逢亥日，都是吉日。

[11] 只賭本事：只憑各自的能力、本事。

[12] 不快：不舒服。

[13] 古門：也稱古門道、鬼門道，指舞臺的上場門、下場門。

[14] 一等：一種。

[15] 相隨：聚在一起。

[16] 家克計：持家之道。

[17] 打鳳：和下文的「撈龍」都是安排圈套，讓人中計的意思。

[18] 虛囂：虛假。

[19] 見識：手段、伎倆。

[20] 孟光般舉案齊眉：孟光是東漢學者梁鴻的妻子，夫妻相敬如賓，每次吃飯時，孟光都會把盛食物的托盤高舉齊眉，以示尊敬，後來用以形容夫妻間彼此敬重。

[21] 奔喪處哭倒長城：民間傳說，秦始皇時，萬杞梁被征去修築長城，其妻孟姜女送寒衣去給丈夫，誰知丈夫已死，孟姜女哭於城下，長城因而崩塌。

[22] 浣紗時甘投大水：春秋時，伍子胥從楚國逃往吳國，在江邊碰到浣紗女子。浣紗女同情伍子胥的遭遇，給他飯吃。伍子胥告別時，請浣紗女不要洩漏他的行縱，浣紗女為表明自己的誠意，投江而死。

[23] 上山來便化頑石：民間傳說，有人被徵調去從軍，他的妻子到山上遠望，盼著丈夫回來，日子久了，妻子竟化成石頭，人稱望夫石。

[24] 到大來：「到大」是絕大，十分、非常的意思，「來」是語尾助詞，沒有實質意義。

[25] 放精神著：打起精神來。

[26] 扎掙：掙扎，用力支持的樣子。

[27] 指腳夫妻：結髮夫妻。

[28] 幹罷：同「甘罷」，甘心罷休。

[29] 的的親親：即嫡嫡親親。

[30] 鞴：車駕之具，這裡指「駕」。

[31] 三推六問：三、六指多數。推，勘查；問，審訊。指反覆審訊。

[32] 孤：元雜劇中的官員。

[33] 祗候：較高級的衙役。

[34] 刷卷：元代由肅政廉訪使稽查所屬各衙門處理獄訟的情形，以避免拖延或冤屈，稱為刷照或刷卷。

[35] 升廳坐衙：官員開庭審理案件。

[36] 喝攛廂：古代官員開庭審案的時候，衙役分列兩廂，大聲吆喝壯威。

[37] 養膳：供養飯食。

[38] 元是：原是。

[39] 支轉：藉故打發走開。

[40] 干涉：關係。

[41] 明鏡：比喻人能分辨是非，無所掩蔽，像明亮的鏡子。

[42] 胡支對：隨便應付，胡亂對答。

[43] 賴骨頑皮：極端刁鑽無賴。

[44] 傍州例：原指別的地方的判例，這裡借用為例子、榜樣。

[45] 唱叫揚疾：大聲喊叫、吵吵鬧鬧。

[46] 覆盆不照太陽暉：盆口朝下蓋在地上，陽光照不進去，指黑暗見不到陽光，比喻官府暗無天日。

[47] 伏狀：承認罪狀的供詞。

[48] 市曹：商店集中的地區。

[49] 典刑：按法執刑，即處死。

[50] 漏面賊：不顧廉恥的賊人。

[51] 隨衙：到衙門中候審。

[52] 散堂鼓：宣告官員退衙時的擊鼓聲。

【賞析】

本折內容是張驢兒想以毒藥毒死蔡婆，以使竇娥孤苦無依，只好嫁給自己，卻陰錯陽差毒死自己的父親張老。張驢兒更藉此威脅，說是竇娥下毒，若竇娥願意隨順，萬事皆休，如若不然，便要去見官。竇娥自認不曾下毒，便與張驢兒、蔡婆一起到官府折辯。不料州官昏庸，對竇娥一陣嚴刑拷打，竇娥還是堅稱無罪，州官便要拷打蔡婆。竇娥恐蔡婆年紀已大，受刑不起，只好屈認了毒死公公，當下判定死刑，次日就將押赴市曹典刑，竇娥再度成為替罪羔羊。

這一折的排場分成三個部分，包括張驢兒到賽盧醫店中購買毒藥、張老在蔡婆家喝下摻有毒藥的羊肚湯，以及公堂。購買毒藥，茲事體大，張驢兒不敢在大街熱鬧處購買，特意到日前經過的南門外小藥局，一去，認出店主賽盧醫正是勒殺蔡婆未遂的犯人，於是恐嚇要報官，順利取得毒藥。在此，作者一開始安排賽盧醫是醫生身分的效果就達到了，場上既不必再出現另一位賣藥的醫生，也因張驢兒的恐嚇，使毒藥取得的過程「合理化」了。

蔡婆身體不舒服，張家父子去探病，蔡婆想吃羊肚湯，給了張驢兒下毒的機會。竇娥把羊肚湯做好，端給蔡婆時，張驢兒趁機倒進毒藥，蔡婆正要吃，忽然覺得想吐，推給張老吃。竇娥看兩人推來推去，狀似恩愛，心中氣憤，在一旁自言自語，細數古代貞節婦女來譏嘲蔡婆，即使張老中毒身亡，她的道德意識還是超過同情心，並沒有難過或掉淚；和張驢到公堂時，她也還相信官員清如水明如鏡，會替自己做主。

在此同時，關漢卿以誇張筆法，描寫了官員昏聵的面目：「我做官人勝別人，告狀來的要金銀。」看到犯人時，官員自己倒跪下：「但來告狀的，就是我的衣食父母。」還沒開始審案，讀者及觀眾已經知道竇娥在劫難逃了。果然，「祗候打正旦，三次噴水科」，突如其來的刑罰「一杖下、一道血、一層皮」，竇娥一如眾多百姓所藉以在卑微的生活中信賴的天地慈憫、人間公義都在剎時崩毀，「怎麼的覆盆不照太陽暉」！

憤怒之餘，竇娥還是不肯妥協，但昏官識透竇娥的弱點，決定拷打蔡婆。竇娥被父親拋棄後，甚至丈夫過世後，十多年來與婆婆相互依倚，怎忍心讓婆婆受到酷刑，竇娥的一念之愛勝過滿腔憤怒，她決定冤屈認罪。她並不是屈服於官衙的黑暗，而是因孝愛之心消弭了她心中對婆婆這一向來的芥蒂，自我選擇了冤罪。竇娥從堅持原則、相信正義的憤怒女子，當下變為溫暖寬容的光輝形象，正是這一點，打動當時及日後的千千萬萬觀眾與讀者，也使她在下一折的激烈誓願可以震動天地。

本折選用的是南呂宮調，以兩支【隔尾】區別了吃羊肚湯前後，及張老死前死後的場面。【隔尾】原本就有承先啟下的作用，關漢卿在此對音樂曲牌的配置是相當精彩的。而竇娥被刑求時，關漢卿又以【罵玉郎】、【感皇恩】、【採茶歌】三支曲牌形成的「帶過曲」方式，一氣呵成，這也是閱讀時不宜忽略的。

第三折

（外[1]扮監斬官上，云）下官[2]監斬官是也。今日處決[3]犯人，著做公的[4]把住巷口，休放往來人閒走。

（淨扮公人鼓三通[5]、鑼三下科。劊子磨旗[6]、提刀，押正旦帶枷上。）

（劊子云）行動些，行動些，監斬官去法場[7]上多時了！（正旦唱）

【正宮】【端正好】沒來由犯王法，不隄防[8]遭刑憲[9]，叫聲屈動地驚天！頃刻間遊魂先赴森羅殿[10]，怎不將天地也生埋怨？

【滾繡球】有日月朝暮懸，有鬼神掌著生死權，天地也，只合[11]把清濁分辨，可怎生糊突了盜跖、顏淵[12]？為善的受貧窮更命短，造惡的享富貴又壽延。天地也，做得箇怕硬欺軟，卻元來也這般順水推船。地也，你不分好歹何為地？天也，你錯勘[13]賢愚枉做天！哎，只落得兩淚漣漣。

（劊子云）快行動些，誤了時辰也。（正旦唱）

【倘秀才】則被這枷紐[14]的我左側右偏，人擁的我前合後偃，我竇娥向哥哥行[15]有句言。（劊子云）你有甚麼話說？（正旦唱）前街裡去心懷恨，後街裡去死無冤，休推辭路遠。

（劊子云）你如今到法場上面，有甚麼親眷要見的，可教他過來，見你一面也好。（正旦唱）

【叨叨令】可憐我孤身只影無親眷，則落的吞聲忍氣空嗟怨。（劊子云）難道你爺娘家也沒的？（正旦云）止有個爹爹，十三年前上朝取應去了，至今杳無音信。（唱）早已是十年多不睹爹爹面。（劊子云）你適纔[16]要我往後街裡去，是甚麼主意？（正旦唱）怕則怕前街裡被我婆婆見。（劊子云）你的性命也顧不得，怕他見怎的？（正旦云）俺婆婆若見我披枷帶鎖赴法場餐刀[17]去呵，（唱）枉將他氣殺也麼哥[18]，枉將他氣殺也麼哥！告[19]哥哥，臨危好與人行方便。

（卜兒哭上科，云）天那，兀的不是我媳婦兒！

（劊子云）婆子靠後！

（正旦云）既是俺婆婆來了，叫他來，待我囑咐他幾句話咱。

（劊子云）那婆子，近前來，你媳婦要囑咐你話哩。

（卜兒云）孩兒，痛殺我也！

（正旦云）婆婆，那張驢兒把毒藥放在羊肚兒湯裡，實指望藥死了你，要霸占我為妻。不想婆婆讓與他老子吃，倒把他老子藥死了。我怕連累婆婆，屈招了藥死公公，今日赴法場典刑。婆婆，此後遇著冬時年節，月一十五，有瀽[20]不了的漿水飯[21]，瀽半碗兒與我吃；燒不了的紙錢，與竇娥燒一陌兒[22]。則是看你死的孩兒面上！（唱）

【快活三】念竇娥葫蘆提[23]當罪愆[24]，念竇娥身首不完全，念竇娥從前已往幹家緣[25]。婆婆也，你只看竇娥少爺無娘面。

【鮑老兒】念竇娥服侍婆婆這幾年，遇時節[26]將碗涼漿奠；你去那受刑法屍骸上烈[27]些紙錢，只當把你亡化的孩兒薦[28]。（卜兒哭科，云）孩兒放心，這個老身都記得。天哪，兀的不痛殺我也！（正旦唱）婆婆也，再也不要啼啼哭哭，煩煩惱惱，怨氣沖天。這都是我做竇娥的沒時沒運，不明不暗，負屈銜冤。

（劊子做喝科，云）兀那婆子靠後，時辰到了也。

（正旦跪科）

（劊子開枷科）

（正旦云）竇娥告監斬大人，有一事肯依竇娥，便死而無怨。

（監斬官云）你有甚麼事？你說。

（正旦云）要一領淨席，等我竇娥站立；又要丈二白練[29]，掛在旗槍[30]上。若是我竇娥委實冤枉，刀過處頭落，一腔熱血休半點兒沾在地下，都飛在白練上者。

（監斬官云）這個就依你，打甚麼不緊[31]。

（劊子做取席站科，又取白練掛旗上科）（正旦唱）

【耍孩兒】不是我竇娥罰下[32]這等無頭願[33]，委實的冤情不淺；若沒些兒靈聖與世人傳，也不見得湛湛青天。我不要半星熱血紅塵灑，都只在八尺旗槍素練懸。等他四下裡皆瞧見，這就是咱萇弘化碧[34]，望帝啼鵑[35]。

（劊子云）你還有甚的說話？此時不對監斬大人說，幾時說那？

（正旦再跪科，云）大人，如今是三伏天道[36]，若竇娥委實冤枉，身死之後，天降三尺瑞雪，遮掩了竇娥屍首。

（監斬官云）這等三伏天道，你便有沖天的怨氣，也召不得一片雪來，可不胡說！（正旦唱）

【二煞】你道是暑氣暄，不是那下雪天；豈不聞飛霜六月因鄒衍[37]？若果有一腔怨氣噴如火，定要感的六出冰花[38]滾似綿，免著我屍骸現；要什麼素車白馬[39]，斷送[40]出古陌荒阡！

（正旦再跪科，云）大人，我竇娥死的委實冤枉，從今以後，著這楚州亢旱[41]三年！

（監斬官云）打嘴！那有這等說話！（正旦唱）

【一煞】你道是天公不可期，人心不可憐，不知皇天也肯從人願。做甚麼三年不見甘霖降？也只為東海曾經孝婦冤[42]，如今輪到你山陽縣。這都是官吏每無心正法，使百姓有口難言！

（劊子做磨旗科，云）怎麼這一會兒天色陰了也？

（內做風科，劊子云）好冷風也！（正旦唱）

【煞尾】浮雲為我陰，悲風為我旋，三樁兒誓願明題徧。（做哭科，云）婆婆也，直等待雪飛六月，亢旱三年呵。（唱）那其間才把你個屈死的冤魂這竇娥顯！

（劊子做開刀，正旦倒科）

（監斬官驚云）呀，真個下雪了，有這等異事！

（劊子云）我也道平日殺人，滿地都是鮮血，這個竇娥的血都飛在那丈二白練上，並無半點落地，委實奇怪。

（監斬官云）這死罪必有冤枉。早兩樁兒應驗了，不知亢旱三年的說話，准也不准？且看後來如何。左右，也不必等待雪晴，便與我抬他屍首，還了那蔡婆婆去罷。（眾應科，抬屍下）

---

[1] 外：元雜劇角色有外末、外旦、外淨，是正末、正旦、淨之外，又一個末、旦、淨。其中以外末最常見，如果只稱「外」，通常指外末。

[2] 下官：官吏自稱的謙詞。

[3] 處決：依法執行死刑。

[4] 做公的：官衙中衙役皂隸的總稱。

[5] 三通：三遍。

[6] 磨旗：揮動旗子。

[7] 法場：執行死刑的地方。

[8] 不隄防：「隄」也寫成「提」或「堤」，沒有小心防備的意思。

[9] 刑憲：刑法。

[10] 森羅殿：民間傳說陰間最高的統治者是閻羅王，閻羅王辦公審案的地方叫森羅殿或閻羅殿。

[11] 合：應該。

[12] 糊突了盜跖、顏淵：糊突，同糊塗，分不清楚。盜跖和顏淵都是春秋時期魯國人。盜跖是當時有名的大盜；顏淵則是孔子學生中的賢者。本句是說糊塗得分不清楚好人壞人。

[13] 勘：調查，核實。

[14] 紐：同「扭」，這裡形容走路時身體搖擺轉動。

[15] 哥哥行：宋元人語言，常在自稱和人稱下面接「行」字，哥哥行就是哥哥這裡、哥哥跟前的意思。

[16] 適纔：剛才。

[17] 餐刀：吃一刀，被砍頭的意思。

[18] 也麼哥：語尾助詞，有聲無義，屬於【叨叨令】的正格，凡唱【叨叨令】，倒數二、三兩句的結尾，一定是「也麼哥」。

[19] 告：請求。

[20] 瀽：潑、倒。

[21] 漿水飯：稀粥、米湯。

[22] 一陌兒：「陌」通「百」，又作「佰」，是一百張或一串的意思。

[23] 葫蘆提：糊里糊塗，不明不白。

[24] 當罪愆：當，承當；罪愆，罪過。

[25] 幹家緣：操持家務。

[26] 時節：指逢年過節。

[27] 烈：燒化。

[28] 薦：追薦，舉行佛教或道教儀式，以求死去的鬼魂升天。

[29] 白練：白色的絲織品。

[30] 旗槍：古代旗竿上有扎槍形的裝飾物，這裡指旗竿。

[31] 打什麼不緊：有什麼要緊，有什麼關係。

[32] 罰下：發下。

[33] 無頭願：以頭顱相拼的誓願。

[34] 萇弘化碧：萇弘是周朝的大夫；碧是青綠色的玉石。神話傳說萇弘含冤被殺後，蜀人把他的血收藏起來，三年後變成青綠色的玉石。

[35] 望帝啼鵑：神話傳說蜀國的國君杜宇，又稱望帝，讓位給臣子，自己躲到深山裡，死後魂魄化為杜鵑鳥，日夜啼鳴，聲音淒切。

[36] 三伏天道：每年夏至之後第三個庚日為初伏，第四個庚日為中伏，立秋後第一個庚日為末伏，是全年最熱的時候。天道是天氣。

[37] 飛霜六月因鄒衍：傳說戰國時鄒衍對燕王很忠心，卻遭誣陷下獄，他仰天大哭，六月天竟然下起霜來，後來常借用指稱冤獄。

[38] 六出冰花：雪花。雪的結晶體多為六瓣，又稱六出花。

[39] 素車白馬：東漢范式和張劭為好友，張劭過世，范式全身縞素，乘白馬白車去祭弔，後來以素車白馬泛指弔喪和送葬。

[40] 斷送：葬送，這裡指送出。

[41] 亢旱：大旱。

[42] 東海曾經孝婦冤：民間傳說東海地區有寡婦周青，非常孝順婆婆，婆婆因年老不想再連累媳婦，自縊身亡。小姑上告周青殺死婆婆，官府誤判，將周青處死。臨刑，周青指著身旁長竿說，如果我有罪，被殺之後血往下流；如果冤枉，血就順著長竿倒流上去。被殺後，血果然倒流而上，之後東海一帶大旱三年，一直到官員于定國幫她平反，當地才再度下雨。

【賞析】

本折是全劇最激動人心的一折，關漢卿以曲文呈現強烈的情感，示範了中國文學抒情傳統的寫作特質。一開始先以肅殺的鑼鼓營造氣氛，完成法場準備工作後，竇娥上場遊街示眾，與婆婆死別；然後進入法場，行刑前發下三樁冤願，以及誓願的證驗。

含冤赴死，當然是極度悲憤的，於是竇娥不免埋怨天地，如果天地有情，不是應該分辨清濁，善惡分明嗎？為什麼自古以來，就不斷發生讓人遺憾的事，難道老天也怕權奸，只敢在弱勢的人們頭上逞威嚴嗎？在懷疑天道是否存在之際，竇娥尖銳的指責：「地也，你不分好歹何為地？天也，你錯勘賢愚枉做天！」

就在內心崩潰的時刻，和婆婆在死前遊街的路上相逢，竇娥回到無助的幼女身分，慘悽的哀告等自己死後，過年過節時，婆婆能到墳上潑一碗涼漿，燒一串紙錢，追薦徘徊黃泉的孤魂。二十歲的青春女子，能提出的願望竟只有這些。罵也罵了，哭也哭了，她轉而向上天索求正義。

懷疑是肯定的另一種方式，正因為相信，才有懷疑，才有抱怨，此刻竇娥要上天藉著自己的冤罪，展現仁愛與公理。她索求的神蹟，一腔熱血都飛在白練之上，是高懸彰明，昭示警戒；六月飛雪，是對燥熱喧囂的紅塵的全面清洗，以清淨的瑞雪覆蓋所有的狂暴、奸孽和冤罪；而大旱更強調了對道德和正義的匱缺與渴求，若不能平反冤情，再現公義，這共犯結構的世間，也無人可以倖免於災愆之外。

本折音樂一開始選擇了悲慨惆悵的正宮曲調，到【叨叨令】的「枉將他氣殺也麼哥，枉將他氣殺也麼哥」，情緒推到極致，接下來以借宮手法，轉為音域跨度較大的中呂宮。元雜劇雖然一折以一宮調為主，但還是可配合劇情借宮轉調的。竇娥和蔡婆對話的中呂宮兩支曲牌【快活三】、【鮑老兒】，既低迴婉轉，又慘怛如深夜猿啼。發願時，音樂再變，轉為曲情頓挫明顯的般涉調，以【耍孩兒】、【二煞】、【一煞】、【煞尾】作結，即使不諳元曲音樂的讀者，也可從曲牌名稱和曲中文字意會到節奏緊湊的特性，更何況在劇場聽到演唱時，想必更是緊張激越，熱耳酸心。

第四折

（竇天章冠帶[1]引丑[2]張千、祗從[3]上，詩云）獨立空堂思黯然，高峰月出滿林煙。非關有事人難睡。自是驚魂夜不眠。老夫竇天章是也。自離了我那端雲孩兒，可早十六年光景。老夫自到京師，一舉及第，官拜參知政事。只因老夫廉能清正，節操堅剛，謝聖恩可憐[4]，加老夫兩淮提刑肅政廉訪使[5]之職，隨處審囚刷卷，體察濫官污吏，容老夫先斬後奏。老夫一喜一悲：喜呵，老夫身居臺省[6]，職掌刑名，勢劍金牌[7]，威權萬里；悲呵，有端雲孩兒，七歲上與了蔡婆婆為兒媳婦。老夫自得官之後，使人往楚州問蔡婆婆家。他鄰里街坊道：自當年蔡婆婆不知搬在那裡去了，至今音信皆無。老夫為端雲孩兒，啼哭的眼目昏花，憂愁的鬚髮斑白。今日來到這淮南地面，不知這楚州為何三年不雨？老夫今在這州廳安歇。張千，說與那州中大小屬官，今日免參[8]，明日早見。

（張千向古門云）一應大小屬官：今日免參，明日早見。

（竇天章云）張千，說與那六房[9]吏典[10]：但有合刷照文卷，都將來，待老夫燈下看幾宗波。（張千送文卷科）

（竇天章云）張千，你與我掌上燈。你每都辛苦了，自去歇息罷。我喚你便來，不喚你休來。（張千點燈，同祗從下）

（竇天章云）我將這文卷看幾宗咱。「一起犯人竇娥，將毒藥致死公公。……」我才看頭一宗文卷，就與老夫同姓；這藥死公公的罪名，犯在十惡不赦[11]。俺同姓之人，也有不畏法度的。這是問結[12]了文書，不看他罷。我將這文卷壓在底下，別看一宗咱。（做打呵欠科，云）不覺的一陣昏沉上來，皆因老夫年紀高大，鞍馬勞困之故。待我搭伏定[13]書案，歇息些兒咱。（做睡科）（魂旦[14]上，唱）

【雙調】【新水令】我每日哭啼啼守住望鄉臺[15]，急煎煎把仇人等待，慢騰騰昏地裡走，足律律[16]旋風中來。則被這霧鎖雲埋，攛掇[17]的鬼魂快。

（魂旦望科，云）門神戶尉不放我進去。我是廉訪使竇天章女孩兒。因我屈死，父親不知，特來托一夢與他咱。（唱）

【沉醉東風】我是那提刑的女孩，須不比現世的妖怪。怎不容我到燈影前，卻攔截在門桯[18]外？（做叫科，云）我那爺爺呵，（唱）枉自有勢劍金牌，把俺這屈死三年的腐骨骸，怎脫離無邊苦海？（做入見哭科，竇天章亦哭科，云）端雲孩兒，你在那裡來？（魂旦虛

下）

（竇天章做醒科，云）好是奇怪也！老夫才合眼去，夢見端雲孩兒，恰便似來我跟前一般；如今在那裡？我且再看這文卷咱。（魂旦上，做弄燈科）

（竇天章云）奇怪，我正要看文卷，怎生這燈忽明忽滅的？張千也睡著了，我自己剔燈[19]咱。（做剔燈，魂旦翻文卷科）

（竇天章云）我剔的這燈明了也，再看幾宗文卷。「一起犯人竇娥，藥死公公。……」（做疑怪科，云）這一宗文卷，我為頭[20]看過，壓在文卷底下，怎生又在這上頭？這幾時問結了的，還壓在底下，我別看一宗文卷波。（魂旦再弄燈科）

（竇天章云）怎麼這燈又是半明半暗的？我再剔這燈咱。（做剔燈，魂旦再翻文卷科）

（竇天章云）我剔的這燈明了，我另拿一宗文卷看咱。「一起犯人竇娥，藥死公公。……」呸！好是奇怪！我才將這文書分明壓在底下，剛剔了這燈，怎生又翻在面上？莫不是楚州後廳裡有鬼麼？便無鬼呵，這樁事必有冤枉。將這文卷再壓在底上，待我另看一宗如何？（魂旦又弄燈科）

（竇天章云）怎麼這燈又不明了，敢有鬼弄這燈？我再剔一剔去。（做剔燈科，魂旦上，做撞見科，竇天章舉劍擊桌科，云）呸！我說有鬼！兀那鬼魂：老夫是朝廷欽差，帶

牌走馬[21]肅政廉訪使。你向前來，一劍揮之兩段。張千，虧你也睡的著！快起來，有鬼，有鬼。兀的不嚇殺老夫也！（魂旦唱）

【喬牌兒】則見他疑心兒胡亂猜，聽了我這哭聲兒轉驚駭。哎，你個竇天章直恁的威風大，且受你孩兒竇娥這一拜。

（竇天章云）兀那鬼魂，你道竇天章是你父親，受你孩兒竇娥拜。你敢錯認了也？我的女兒叫做端雲，七歲上與了蔡婆婆為兒媳婦。你是竇娥，名字差了，怎生是我女孩兒？

（魂旦云）父親，你將我與了蔡婆婆家，改名做竇娥了也。

（竇天章云）你便是端雲孩兒？我不問你別的，這藥死公公是你不是？

（魂旦云）是你孩兒來。

（竇天章云）噤聲[22]！你這小妮子，老夫為你啼哭的眼也花了，憂愁的頭也白了，你剗地犯下十惡大罪，受了典刑！我今日官居臺省，職掌刑名，來此兩淮審囚刷卷，體察濫官污吏；你是我親生之女，老夫將你治不的，怎治他人？我當初將你嫁與他家呵，要你三從四德。三從者：在家從父，出嫁從夫，夫死從子；四德者：事公姑，敬夫主，和妯娌，睦街坊。今三從四德全無，剗地犯了十惡大罪。我竇家三輩無犯法之男，五世無再婚之女；到今日被你辱沒祖宗世德，又連累我的清名。你快與我細吐真情，不要虛言支對。若說的有半厘差錯，牒發[23]你城隍祠內，著你永世不得人身，罰在陰山，永為餓鬼。

（魂旦云）父親停嗔息怒，暫罷狼虎之威，聽你孩兒慢慢的說一遍咱。我三歲上亡了母親，七歲上離了父親。你將我送與蔡婆婆做兒媳婦，至十七歲與夫配合。才得兩年，不幸兒夫亡化，和俺婆婆守寡。這山陽縣南門外有個賽盧醫，他少俺婆婆二十兩銀子。俺婆婆去取討，被他賺到郊外，要將婆婆勒死；不想撞見張驢兒父子兩個，救了俺婆婆性命。那張驢兒知道我家有個守寡的媳婦，便道：「你婆兒媳婦既無丈夫，不若招我父子兩個。」俺婆婆初也不肯，那張驢兒道：「你若不肯，我依舊勒死你。」俺婆婆懼怕，不得已含糊許了，只得將他父子兩個領到家中，養他過世[24]。有張驢兒數次調戲你女孩兒，我堅執不從。那一日俺婆婆身子不快，想羊肚兒湯吃。你孩兒安排了湯。適值張驢兒父子兩個問病，道：「將湯來我嘗一嘗。」說：「湯便好，只少些鹽醋。」賺的我去取鹽醋，他就暗地裡下了毒藥。實指望藥殺俺婆婆，要強逼我成親。不想俺婆婆偶然發嘔，不要湯吃，卻讓與老張吃，隨即七竅流血藥死了。張驢兒便道：「竇娥藥死了俺老子，你要官休要私休？」我便道：「怎生是官休?怎生是私休？」他道：「要官休，告到官司，你與俺老子償命；若私休，你便與我做老婆。」你孩兒便道：「好馬不鞴雙鞍，烈女不更二夫。我至死不與你做媳婦，我情願和你見官去。」他將你孩兒拖到官中，受盡三推六問，吊拷綳扒[25]，便打死孩兒，也不肯認。怎當州官見你孩兒不認，便要拷打俺婆婆；我怕婆婆年老，受刑不起，只得屈認了。因此押赴法場，將我典刑。你孩兒對天發下三樁誓願：第一樁，要丈二白練掛在旗槍上，若係冤枉，刀過頭落，一腔熱血休滴在地下，都飛在白練上。第二樁，現今三伏天道，下三尺瑞雪，遮掩你孩兒屍首。第三樁，著他楚州大旱三年。果然血飛上白練，六月下雪，三年不雨，都是為你孩兒來。（詩云）不告官司只告天，心中怨氣口難言。防他老母遭刑憲，情願無辭認罪愆。三尺瓊花[26]骸骨掩，一腔熱血練旗懸；豈獨霜飛鄒衍屈，今朝方表竇娥冤。（唱）

【雁兒落】你看這文卷曾道來不道來，則我這冤枉要忍耐如何耐？我不肯順他人，倒著我赴法場；我不肯辱祖上，倒把我殘生壞。

【得勝令】呀，今日個搭伏定攝魂臺[27]，一靈兒[28]怨哀哀。父親也，你現拿著刑名事，親蒙聖主差。端詳這文冊，那廝亂綱常當合敗[29]。便萬剮[30]了喬才[31]，還道報冤讎不暢懷！

（竇天章做泣科，云）哎，我那屈死的兒，則被你痛殺我也！我且問你：這楚州三年不雨，可真個是為你來？

（魂旦云）是為你孩兒來。

（竇天章云）有這等事！到來朝，我與你做主。（詩云）白頭親苦痛哀哉，屈殺了你個

青春女孩。只恐怕天明了，你且回去，到來日我將文卷改正明白。（魂旦暫下）

（竇天章云）呀，天色明了也。張千，我昨日看幾宗文卷，中間有一鬼魂來訴冤枉。我喚你好幾次，你再也不應，直恁的好睡那？

（張千云）我小人兩個鼻子孔一夜不曾閉，並不聽見女鬼訴什麼冤狀，也不曾聽見相公呼喚。

（竇天章做叱科，云）㖃[32]！今早升廳坐衙，張千，喝攛廂者。

（張千做吆喝科，云）在衙人馬平安！抬書案[33]！（稟云）州官見。

（外扮州官入參科）

（張千云）該房吏典見。（丑扮吏入參見科）

（竇天章問云）你這楚州一郡，三年不雨，是為著何來？

（州官云）這個是天道亢旱，楚州百姓之災，小官等不知其罪。

（竇天章做怒云）你等不知罪麼？那山陽縣，有用毒藥謀死公公犯婦竇娥，他問斬之時曾發願道：「若是果有冤枉，著你楚州三年不雨，寸草不生。」可有這件事來？

（州官云）這罪是前升任桃州守問成的，現有文卷。

（竇天章云）這等糊突的官，也著他升去！你是繼他任的，三年之中，可曾祭這冤婦麼？

（州官云）此犯係[34]十惡大罪，元不曾有祠，所以不曾祭得。

（竇天章云）昔日漢朝有一孝婦守寡，其姑自縊身死，其姑女告孝婦殺姑，東海太守將孝婦斬了。只為一婦含冤，致令三年不雨。後于公治獄，彷彿見孝婦抱卷哭於廳前。于公將文卷改正，親祭孝婦之墓，天乃大雨。今日你楚州大旱，豈不正與此事相類？張千，分付該房簽牌[35]下山陽縣，著拘張驢兒、賽盧醫、蔡婆婆一起人犯，火速解審，毋得違誤片刻者。

（張千云）理會得。（下）

（丑扮解子[36]，押張驢兒、蔡婆婆同張千上。稟云）山陽縣解到審犯聽點[37]。

（竇天章云）張驢兒。

（張驢兒云）有。

（竇天章云）蔡婆婆。

（蔡婆婆云）有。

（竇天章云）怎麼賽盧醫是緊要人犯不到？

（解子云）賽盧醫三年前在逃，一面著廣捕批緝拿[38]去了，待獲日解審。

（竇天章云）張驢兒，那蔡婆婆是你的後母麼？

（張驢兒云）母親好冒認的？委實是。

（竇天章云）這藥死你父親的毒藥，卷上不見有合藥的人，是那個的毒藥？

（張驢兒云）是竇娥自合就的毒藥。

（竇天章云）這毒藥必有一個賣藥的醫舖。想竇娥是個少年寡婦，那裡討這藥來？張驢兒，敢是你合的毒藥麼？

（張驢兒云）若是小人合的毒藥，不藥別人，倒藥死自家老子？

（竇天章云）我那屈死的兒㖿，這一節是緊要公案[39]，你不自來折辯[40]，怎得一個明白？你如今冤魂卻在那裡？

（魂旦上，云）張驢兒，這藥不是你合的，是那個合的？

（張驢兒做怕科，云）有鬼，有鬼，撮鹽入水。太上老君急急如律令[41]，敕！

（魂旦云）張驢兒，你當日下毒藥在羊肚兒湯裡，本意藥死俺婆婆，要逼勒我做渾家。不想俺婆婆不吃，讓與你父親吃，被藥死了。你今日還敢賴哩！（唱）

【川撥棹】猛見了你這吃敲材[42]，我只問你這毒藥從何處來？你本意待闇裡栽排，要逼勒我和諧[43]，倒把你親爺毒害，怎教咱替你耽罪責！

（魂旦做打張驢兒科）

（張驢兒做避科，云）太上老君，急急如律令，敕！大人說這毒藥．必有個賣藥的醫鋪，若尋得這賣藥的人來和小人折對[44]，死也無詞。

（丑扮解子解賽盧醫上，云）山陽縣續解到犯人一名賽盧醫。

（張千喝云）當面[45]。

（竇天章云）你三年前要勒死蔡婆婆，賴他銀子，這事怎麼說？

（賽盧醫叩頭科，云）小的要賴蔡婆婆銀子的情是有的。當被兩個漢子救了，那婆婆並不曾死。

（竇天章云）這兩個漢子，你認的他叫做甚麼名姓？

（賽盧醫云）小的認便認得，慌忙之際可不曾問的他名姓。

（竇天章云）現有一個在階下，你去認來。

（賽盧醫做下認科，云）這個是蔡婆婆。（指張驢兒云）想必這毒藥事發了。（上云）是這一個。容小的訴稟：當日要勒死蔡婆婆時，正遇見他爺兒兩個救了那婆婆去。過得幾日，他到小的鋪中討服毒藥。小的是念佛吃齋人，不敢做昧心的事。說道：「鋪中只有官料藥[46]，並無什麼毒藥。」他就睜著眼道：「你昨日在郊外要勒死蔡婆婆，我拖你見官去！」小的一生最怕的是見官，只得將一服毒藥與了他去。小的見他生相[47]是個惡的，一定拿這藥去藥死了人，久後敗露，必然連累。小的一向逃在涿州地方，賣些老鼠藥。剛剛是老鼠被藥殺了好幾個，藥死人的藥其實再也不曾合。（魂旦唱）

【七弟兄】你只為賴財，放乖[48]，要當災[49]。（帶云）這毒藥呵，（唱）原來是你賽盧醫出賣，張驢兒買，沒來由填做我犯由牌[50]，到今日官去衙門在。

（竇天章云）帶那蔡婆婆上來！我看你也六十外人了，家中又是有錢鈔的，如何又嫁了老張，做出這等事來？

（蔡婆婆云）老婦人因為他爺兒兩個救了我的性命，收留他在家養膳過世。那張驢兒常說要將他老子接腳進來，老婦人並不曾許他。

（竇天章云）這等說，你那媳婦就不該認做藥死公公了。

（魂旦云）當日問官要打俺婆婆，我怕他年老，受刑不起，因此咱認做藥死公公，委實是屈招個！（唱）

【梅花酒】你道是咱不該，這招狀[51]供寫的明白。本一點孝順的心懷，倒做了惹禍的胚胎[52]。我只道官吏每還覆勘[53]，怎將咱屈斬首在長街！第一要素旗槍鮮血灑，第二要三尺雪將死屍埋，第三要三年旱示天災：咱誓願委實大。

【收江南】呀，這的是[54]衙門從古向南開，就中[55]無個不冤哉！痛殺我嬌姿弱體閉泉臺[56]，早三年以外，則落的悠悠流恨似長淮。

（竇天章云）端雲兒也，你這冤枉我已盡知，你且回去。待我將這一起人犯並原問官吏另行定罪。改日做個水陸道場[57]，超度你生天[58]便了。（魂旦拜科，唱）

【鴛鴦煞尾】從今後把金牌勢劍從頭擺，將濫官汙吏都殺壞，與天子分憂，萬民除害。（云）我可忘了一件，爹爹，俺婆婆年紀高大，無人侍養，你可收恤[59]家中，替你孩兒盡養生送死之禮，我便九泉之下，可也瞑目。（竇天章云）好孝順的兒也！（魂旦唱）囑咐你爹爹，收養我妳妳。要憐他無婦無兒，誰管顧年衰邁！再將那文卷舒開，（帶云）爹爹，也把我竇娥名下，（唱）屈死的於伏[60]罪名兒改。（下）

（竇天章云）喚那蔡婆婆上來。你可認的我麼？

（蔡婆婆云）老婦人眼花了，不認的。

（竇天章云）我便是竇天章。適纔的鬼魂，便是我屈死的女孩兒端雲。你這一行人，聽我下斷[61]：張驢兒毒殺親爺，姦占寡婦，合擬凌遲[62]，押付市曹中，釘上木驢[63]，剮一百二十刀處死。升任州守桃杌並該房吏典，刑名違錯[64]，各杖一百，永不敘用。賽盧醫不合賴錢，勒死平民；又不合修合毒藥，致傷人命，發煙瘴地面，永遠充軍[65]。蔡婆婆我家收養。竇娥罪改正明白。（詞云）莫道我念亡女與他又罪消愆，也只可憐見[66]楚州郡大旱三年。昔于公曾表白東海孝婦，果然是感召得靈雨如泉。豈可便推諉道天災代有，竟不想人之意感應通天。今日個將文卷重行改正，方顯的王家法不使民冤。

題目[67]　秉鑒持衡[68]廉訪法

正名　感天動地竇娥冤

---

[1] 冠帶：穿著朝服。

[2] 丑：戲曲角色名，扮演滑稽或奸惡的人物。最初北雜劇稱「淨」，南戲稱「丑」。現存元雜劇劇本也出現丑字，有些是南北交流後混用，有些則是經過明人更動。

[3] 祗從：隨從。

[4] 可憐：此處是喜愛、看重的意思。

[5] 提刑肅政廉訪使：官名。元代在各「道」都設有提刑按察使，至元二十八年（一二九一）改為提

刑肅政廉訪使，負責糾察該道的官吏善惡、政治得失和刑獄等事。江北淮東提刑肅政廉訪使司遷往揚州，則在至元二十九年（一二九二），學者據此推論本劇的寫作時間，應該在此之後。

[6] 臺省：中央政府。

[7] 勢劍金牌：勢劍，皇帝賜的劍，如尚方寶劍。金牌，是武官所佩、以黃金或鍍金打造的虎符，代表地位和權勢很大。

[8] 參：下級官吏依一定禮節，去謁見上級官吏。

[9] 六房：元代各級政府，分為吏、戶、禮、兵、刑、工等六個部門，分掌政務。

[10] 吏典：衙門裡的低級官吏。

[11] 十惡不赦：元代十種不能免罪的罪狀：不孝、不睦、謀反、謀叛、大逆、惡逆、不義、內亂、不道、大不敬。

[12] 問結：已經審完、定案。

[13] 搭伏定：趴在。

[14] 魂旦：扮演女鬼的角色。

[15] 望鄉臺：傳說中陰間有座望鄉臺，人死後可在此看見家鄉的一切。

[16] 足律律：足音ㄑㄩ，形容鬼魂在風中急走的聲音。

[17] 攛掇：催促。

[18] 門桯：門檻、門限。

[19] 剔燈：挑燈，以鑷子等物，把燃燒過的燈草除掉。

[20] 為頭：先前。

[21] 帶牌走馬：帶牌，佩戴金牌，見本折註釋[7]。走馬是指肅政廉訪使有使用驛站馬匹的特權。

[22] 噤聲：住口。

[23] 牒發：以公文遞解、押送。

[24] 過世：離開人世。

[25] 吊拷綳扒：古時酷刑。吊拷，把人吊起來拷打。綳扒，把人用繩子綑綁後，使其趴伏在地。

[26] 瓊花：雪花。瓊本是美玉，形容雪的潔白晶瑩。

[27] 攝魂臺：傳說中東嶽大帝管轄，拘管鬼魂的地方。

[28] 一靈兒：指遊魂。

[29] 當合敗：應該要敗露了。

[30] 萬剮：剮是指把肉一刀一刀從骨頭上剔下來。萬是形容多。萬剮即為凌遲，古代的酷刑。

[31] 喬才：壞傢伙。

[32] 哏：斥責詞，有時寫成「退」。

[33] 在衙人馬平安！抬書案：官員升廳坐衙時，衙役按儀式吆喝的話，元雜劇中常見。

[34] 係：是。

[35] 簽牌：牌，政府發的公文。簽牌指簽發公文。

[36] 解子：押解犯人的公差。

[37] 聽點：聽候查點，等待點名。

[38] 著廣捕批緝拿：著，下令；廣，擴大範圍。指擴大範圍搜捕追拿。

[39] 公案：案件。

[40] 折辯：拿出證據辯白。

[41] 太上老君，急急如律令：傳說太上老君是道教的領袖，這裡是請求太上老君趕快如符咒要求的去辦。

[42] 敲材：同「喬才」，本折注[31]，指壞傢伙。

[43] 和諧：這裡指成親。

[44] 折對：同「折辯」，見本折注[40]。

[45] 當面：宋元時把犯人拉上公堂見官，稱為當面。

[46] 官料藥：合法經售的藥。

[47] 生相：長相。

[48] 放乖：放刁、使壞。

[49] 當災：承當災禍、罪責。
[50] 犯由牌：公布罪狀的木牌。
[51] 招狀：犯人招認罪行的狀紙。
[52] 胚胎：根苗、起因。
[53] 覆勘：重複審查、勘問。
[54] 的是：確實是。
[55] 就中：這中間。
[56] 泉臺：墳墓。
[57] 水陸道場：佛教設齋供奉仙鬼、水陸眾生的法會。
[58] 生天：佛家說法，生於天界。
[59] 收恤：收留。
[60] 於伏：屈招、誣服。
[61] 下斷：宣判。
[62] 淩遲：古代酷刑，同剮刑。
[63] 木驢：古代執行剮刑時，先將犯人放在有鐵刺的木樁上，遊街示眾。
[64] 違錯：不合實情，違背法律條文。

[65] 充軍：把犯人流放到荒僻的地方。
[66] 可憐見：見是語尾助詞，很可憐。
[67] 題目、正名：元雜劇每本最後，以兩句或四句對句，總括全劇內容，並以最後一句為該劇題名。
[68] 持衡：主持公道。

【賞析】

繼第三折的神蹟兌現，第四折則為人間的復仇。許多學者認為，包括神蹟兌現或人間復仇，都減損《竇娥冤》作為偉大悲劇的力量，他們希望戲到竇娥冤死就結束，「最大的讓步」，也是第三折結束就行了。殊不知對元代市井百姓來說，如果冤死就結束，他們是無法滿足的，上天的償報和人世的平反，全都圓滿結束後，他們才能施施然離開劇場，也才能心中懷有希望，確認有雖然一時無法察覺、但絕對存在的正義公理陪伴著大家，庶民百姓才能有勇氣，安心的面對生命中的種種悲歡苦樂。

元代劇場並不像現在的演出場所那麼嚴肅安靜，而是大家出出進進，或笑語喧嘩，或觀眾即席評論，彼此交換意見。演出時，折與折間會插入其他演藝活動，觀眾更未必從一開始就進場，一直看到最後。元雜劇劇本幾乎每折都會有重複劇情的情況出現，同一件事會由不同人口中一再重述。本折更是把之前發生的事，在場上又重複述說一次，在現在的劇場中，也許覺得累贅多餘，在當時的演出環境卻是合理的，觀眾觀看時，也會參與回憶的過程，以進入接續劇情的推展。

本劇除了曲詞，也運用大量賓白，重建事件經過和進行清官斷案，達到百姓們現世現報的想望。魂旦扮演的竇娥不僅在夜間出現訴冤，白晝審案時也在公堂上自來自去，慘厲恐怖的同時，終於有了缺憾還諸天地的結局。

二、《趙盼兒風月救風塵》

第三折

（周舍[1]同店小二上，詩云）萬事分已定，浮生空自忙。無非花共酒，惱亂我心腸。店小二，我著你開著這個客店，我那裡稀罕你那房錢養家？不問官妓私科子[2]，只等有好的來你客店裡，你便來叫我。

（小二云）我知道。只是你腳頭亂[3]，一時間那裡尋你去？

（周舍云）你來粉房[4]裡尋我。
（小二云）粉房裡沒有呵？
（周舍云）賭房裡來尋。
（小二云）賭房裡沒有呵？
（周舍云）牢房裡來尋。（下）
（丑扮小閒[5]，挑籠上，詩云）釘靴雨傘為活計，偷寒送暖作營生。不是閒人閒不得，及至得了閒時又閒不成。自家張小閒的便是。平生做不的買賣，止是與歌者姊姊每叫些人，兩頭往來，傳消寄信都是我。這裡有個大姐趙盼兒，著我收拾兩箱子衣服行李，往鄭州去。都收拾停當了。請姊姊上馬。
（正旦上，云）小閒，我這等打扮，可衝動[6]得那廝麼？（小閒做倒科）
（正旦云）你做甚麼哩？
（小閒云）休道衝動那廝，這一會兒，連小閒也酥倒了。（正旦唱）
【正宮】【端正好】則為他滿懷愁，心間悶，做的個進退無門。那婆娘家一湧性[7]，無思忖[8]，我可也強打入迷魂陣。
【滾繡球】我這裡微微的把氣噴，輸個姓因[9]，怎不教那廝背槽拋糞[10]！更做道[11]普天下無他這等郎君。想著容易情，忒獻勤，幾番家待要不問；第一來我則是可憐見無主娘親[12]，第二來是我慣曾為旅偏憐客，第三來也是我自己貪杯惜醉人[13]。到那裡呵，也索費些精神。

（云）說話之間，早來到鄭州地方了。小閒，接了馬者，且在柳陰下歇一歇咱。

（小閒云）我知道。

（正旦云）小閒，咱口論閒話[14]：這好人家好舉止，惡人家惡家法[15]。

（小閒云）姊姊，你說我聽。（正旦唱）

【倘秀才】縣君[16]的則是縣君，妓人的則是妓人。怕不扭捏著身子驀入他門；怎禁他使數[17]的到支分[18]，背地裡暗忍。

【滾繡球】那好人家將粉撲兒淺淡勻，那裡像咱乾茨臘[19]手搶著粉[20]；好人家將那篦梳兒慢慢地鋪鬌[21]，那裡像咱解了那襻胸帶[22]，下頦上勒一道深痕。好人家知個遠近，覷個向順[23]，衠一味[24]良人家風韻；那裡像咱們，恰便似空房中鎖定個猢孫。有那千般不實喬軀老[25]，有萬種虛囂[26]歹議論，斷不了風塵。

（小閒云）這裡一個客店，姊姊好住下罷。

（正旦云）叫店家來。

（店小二見科）

（正旦云）小二哥，你打掃一間乾淨房兒，放下行李。你與我請將周舍來，說我在這裡久等多時也。

（小二云）我知道。

（做行叫科，云）小哥在那裡？

（周舍上，云）店小二，有甚麼事？

（小二云）店裡有個好女子請你哩。

（周舍云）咱和你就去來。

（做見科，云）是好一個科子也。

（正旦云）周舍，做來了也。（唱）

【么篇】俺那妹子兒有見聞，可有福分，抬舉[27]的個丈夫俊上添俊，年紀兒恰正青春。

（周舍云）我那裡曾見你來？我在客火[28]裡，你彈著一架箏，我不與了你個褐色紬緞兒？

（正旦云）小的，你可見來？

（小閒云）不曾見他有什麼褐色紬緞兒。

（周舍云）哦，早起杭州散了，趕到陝西，客火裡吃酒，我不與了大姊一分飯來？

（正旦云）小的每，你可見來？

（小閒云）我不曾見。

（正旦唱）你則是忒現新[29]，忒忘昏[30]，更做道你眼鈍[31]。那唱詞話的有兩句留文：「咱也曾武陵溪[32]畔曾相識，今日佯推不認人。」我為你斷夢勞魂。

（周舍云）我想起來了，你敢是趙盼兒麼？

（正旦云）然也。

（周舍云）你是趙盼兒，好，好！當初破親也是你來！小二，關了店門，則打這小閒。

（小閒云）你休要打我。俺姊姊將著錦繡衣服，一房一臥[33]來嫁你，你倒打我？

（正旦云）周舍，你坐下，你聽我說。你在南京[34]時，人說你周舍名字，說的我耳滿鼻滿的，則是不曾見你。後得見你呵，害的我不茶不飯，只是思想著你。聽的你娶了宋引章，教我如何不惱？周舍，我待嫁你，你卻著我保親！（唱）

【倘秀才】我當初倚大[35]呵妝儇[36]主婚？怎知我嫉妬呵特故裡[37]破親？你這廝外相兒通疏就裡村[38]！你今日結婚姻，咱就肯罷論。

（云）我好意將著車輛、鞍馬、奩房來尋你，你剗地[39]將我打罵。小鬧，攔回車兒，咱家去來！

（周舍云）早知姊姊來嫁我，我怎肯打舅舅？

（正旦云）你真個不知道？你既不知，你休出店門，只守著我坐下。

（周舍云）休說一兩日，就是一兩年，您兒也坐的將去。

（外旦上，云）周舍兩三日不家去，我尋到這店門首。我試看咱，原來是趙盼兒和周舍坐哩！兀那老弟子不識羞，直趕到這裡來！周舍，你再不要來家，等你來時，我拿一把刀子，你拿一把刀子，和你一遞一刀子[40]戳哩。（下）

（周舍取棍科，云）我和你搶生吃[41]哩！不是妳妳在這裡，我打殺你！（正旦唱）

【脫布衫】我更是的不待饒人，我為甚不敢明聞；肋底下插柴自穩[42]，怎見你便打他一頓？

【小梁州】可不道一夜夫妻百夜恩！你可便息怒停嗔。你村時節背地裡使些村，對著我合思忖：那一個雙同叔[43]打殺俏紅裙[44]？

【么篇】則見他惡哏哏[45]，摸按著無情棍，便有火性的不似你個郎君。（云）你拿著偌粗的棍棒，倘或打殺他呵，可怎了？（周舍云）丈夫打殺老婆，不該償命。（正旦云）這等說，誰敢嫁你？（背唱）我假意兒瞞，虛科兒噴[46]，著這廝有家難奔。妹子也。你試看咱風月救風塵。

（云）周舍，你好道兒[47]！你這裡坐著，點的[48]你媳婦來罵我這一場。小閒，攔回車兒，咱回去來！

（周舍云）好妳妳，請坐！我不知道他來；我若知道他來，我就該死。

（正旦云）你真個不曾使他來？這妮子不賢慧，打一棒快球子[49]。你捨的宋引章，我一發嫁你。

（周舍云）我到家裡就休了他。

（背云）且慢著，那個婦人是我平日間打怕的，若與了一紙休書，那婦人就一道煙去了。這婆娘他若是不嫁我呵，可不弄的尖擔兩頭脫[50]？休的造次[51]，把這婆娘搖撼的實著[52]。

（向旦云）妳妳，您孩兒肚腸是驢馬的見識，我今家去把媳婦休了呵，妳妳，你把肉吊窗兒放下來[53]，可不嫁我，做的個尖擔兩頭脫。妳妳，你說下個誓著。

（正旦云）周舍，你真個要我賭咒？你若休了媳婦，我不嫁你呵，我著堂子裡馬踏殺，燈草打折臁兒骨[54]。你逼的我賭這般重咒哩！

（周舍云）小二，將酒來。

（正旦云）休買酒，我車兒上有十瓶酒哩。

（周舍云）還要買羊。

（正旦云）休買羊，我車上有個熟羊哩。

（周舍云）好、好、好，待我買紅去。

（正旦云）休買紅，我箱子裡有一對大紅羅。周舍，你爭甚麼那！你的便是我的，我的就是你的。（唱）

【二煞】則這緊的到頭終是緊，親的原來只是親。憑著我花朵兒身軀、笱條兒年紀[55]，為這錦片兒前程，倒賠了幾錠兒花銀。拚著個十米九糠[56]，問甚麼兩婦三妻，受了些萬苦千辛。我著人頭上氣忍[57]，不枉了一世做郎君。

【黃鐘尾】你窮殺呵，甘心守分捱貧困；你富呵，休笑我飽暖生淫惹議論。您心中覷個意順[58]。但休了你這門內人，不要你錢財使半文。早是我走將來自上門。家業家私待你六親，肥馬輕裘待你一身，倒貼[59]了奩房和你為眷姻。（云）我若還嫁了你，我不比那宋引章，針指油麵，刺繡鋪房，大裁小剪，都不曉得一些兒的。（唱）我將你寫了的休書正了本[60]。（同下）

[1] 舍：舍人，顯貴子弟的通稱。如臺灣民間仍稱富貴人家子弟為阿舍，民間也有邱罔舍的故事。

[2] 私科子：或作私窠子，指私娼。

[3] 腳頭亂：到處亂跑，沒有一定的去處。

[4] 粉房：妓院。

[5] 小閒：專為妓女或紈褲子弟幫閒跑腿的年輕男子。

[6] 衝動：使別人情感、思想搖動。義同迷惑。

[7] 一湧性：一時衝動。

[8] 思忖：思考、思量。

[9] 輸個姓因：「輸」是「給」，姓因，疑是「信音」的借字。給個消息。

[10] 背槽拋糞：宋元俗語，指忘恩負義。

[11] 更做道：即使。

[12] 無主娘親：沒人做主的老婦人，此指宋引章的母親。

[13] 慣曾為旅偏憐客，自己貪杯惜醉人：都指同病相憐。

[14] 口論閒話：閒談。

[15] 家法：在此指行動、態度，和上句舉止並稱。

[16] 縣君：元代五品官的妻子，可以詔封縣君，在此泛稱得到封誥的貴婦。
[17] 使數：奴婢。
[18] 支分：指使、吩咐。
[19] 乾茨臘：乾枯、乾癟。
[20] 搶著粉：「搶」有勉強加上、堆上的意思。這裡是說塗了又塗，堆得厚厚的。
[21] 髩：同鬢，接近耳朵旁邊兩頰上的頭髮。
[22] 襻胸帶：梳頭髮時，從額頭勒到下巴的帶子。
[23] 向順：方向。和上句遠近，都指分寸。
[24] 衠一味：真是一派。
[25] 喬軀老：「喬」是作假，引申為「壞」。「軀老」是身體、身段。喬軀老，指壞樣子。
[26] 虛囂：虛假，不老實。
[27] 抬舉：打扮。
[28] 客火：即客伙，客店。
[29] 忒現新：太喜歡新人。
[30] 忒忘昏：太健忘。
[31] 眼鈍：視力不好。

[32] 武陵溪：原指陶潛《桃花源記》武陵漁夫遇見世外桃源的故事，元雜劇多與劉晨、阮肇誤入桃花源見到仙女的故事混用，當作男女戀愛的典故。

[33] 一房一臥：一套嫁妝。

[34] 南京：金主完顏亮改汴梁為南京，即現在的河南開封。

[35] 倚大：倚老賣老。

[36] 妝儇：儇音ㄒㄩㄢ，聰明慧黠。妝儇，指裝腔作勢。

[37] 特故裡：特意的。

[38] 外相兒通疏就裡村：通疏，聰明；村，愚蠢。指外面看起來聰明，心裡頭卻是笨的。

[39] 剗地：反而。

[40] 一遞一刀子：你給我一刀，我給你一刀，即拚命的意思。

[41] 搶生吃：食物還沒煮熟就搶著吃，表示性急。

[42] 肋底下插柴自穩：遇見痛苦的事，自己忍著。

[43] 雙同叔：原指雙卿，引申為愛情故事的男主角。

[44] 紅裙：指年輕婦女。

[45] 惡哏哏：「哏」同「很」，極端兇惡的樣子。

[46] 虛科兒噴：噴，哄騙，花言巧語。指裝模作樣的哄騙。

[47] 道兒：圈套、詭計。

[48] 點的：指使。

[49] 打一棒快球子：宋元打球，有棒打、騎在馬上用棒打、腳踢等方式。打一棒快球子，是指用棒子打個快球，有快速解決的意思。

[50] 尖擔兩頭脫：兩頭落空，什麼也得不到。

[51] 造次：莽撞。

[52] 搖撼的實著：處理得穩穩當當。

[53] 把肉吊窗兒放下來：放下眼皮，眼睛一閉，不認帳。

[54] 堂子裡馬踏殺，燈草打折臁兒骨：臁兒骨，腰附近的骨頭。這裡是趙盼兒用兩件不可能的事來發誓，欺騙周舍。

[55] 筍條兒年紀：筍條，竹根所生的幼芽。比喻年輕。

[56] 十米九糠：十成米裡有九成是糠，是說嫖客裡好的少，壞的多。

[57] 氣忍：欺負。

[58] 意順：稱心如意。

[59] 倒貼：男女戀愛時，女方供給男方財物。

[60] 正了本：夠本，這裡是趙盼兒告訴周舍，你雖然休了宋引章，但娶到我就夠本了。

【賞析】

「風月救風塵」，是指趙盼兒利用妓院中追歡買笑的手段，來拯救淪落風塵的姊妹宋引章。本折正是趙盼兒試圖迷惑周舍，以便取得周舍寫給宋引章的休書。既然是以智計來尋求救贖，全折充滿歡笑和機心，是極好看的老於世故的俠妓和花花太歲勢均力敵的決戰。

戲一開始，先以「三房」來塑造周舍。周舍自己當幕後老闆，讓店小二開著客店，目的是為搜尋來住店的客人中有沒有官妓或私娼，以供他出面引誘。當他交代店小二，遇到合適人選時要趕緊通知，小二問，到時該去哪裡尋找周舍，周舍提出了妓院粉房、賭房和牢房，最後提到的牢房，當然是插科打諢，讓觀眾哈哈一笑，但這三房馬上漫畫式的勾勒了周舍這個人和他的生活。接著，趙盼兒和幫忙的閒漢張小閒上場，盼兒打扮得花枝招展，問小閒她如此裝扮，能否讓周舍動心，小閒做出昏倒的樣子，表示別說周舍了，連隨時在妓院跑出跑進幫忙的自己也動心了，這又是一次插科打諢，觀眾在大笑之餘，準備打起精神看好戲了。

當初引章不聽勸，要嫁周舍時，曾賭氣說以後不管發生什麼事，都不會來找盼兒幫忙。這次引章遭難求助母親，母親則拜託盼兒，盼兒也曾考慮要不要管這檔事。看到引章母親慌亂中找不到人做主幫忙，又想到自己和引章同為妓女、同病相憐，「慣曾為旅偏憐客，自己貪杯惜醉人」，決定從汴梁趕到鄭州，自信滿滿的認為自己一出馬，周舍馬上會背信忘義，休了引章。

盼兒又和小閒聊到，妓女和正經人家的夫人器度終究不同，不但行為舉止，連化妝梳頭髮都不一樣，唱詞盡用些誇張的比喻，一方面好笑，一方面也透著哀傷，多少有感歎引章嫁給周舍這段婚姻的不登對。這種話語，聽在某些喜歡到歡場又不想（或不贊成）娶妓女的觀眾耳中，有一種渲染同理心的效果，觀眾似乎被告知，這齣戲可不是要故意抬高妓女的位置，攻擊正經人家，只是周舍這個人太壞了，觀眾的心馬上被收攏，大家可以不必帶有任何一絲不安或抵觸情緒，而可以全心全意加入盼兒調弄欺哄周舍的過程了。

來到客店，盼兒讓小閒訂了住房，又讓小二去通知周舍，周舍一到，盼兒馬上獻殷勤，說妹子有眼光，周舍「俊上添俊，年紀兒恰正青春」，但周舍長期在花臺走動，見了不知多少妓女，一時沒想起盼兒是誰，這用的是延宕的效果，讓節奏頓一頓，同時加上一些滑稽的對話製造效果，盼兒趁機撒嬌，說兩人曾經有過一段關係，自己為此魂牽夢縈，周舍怎麼假裝不認得了。周舍這才想起原是趙盼兒，馬上翻舊帳，他可沒忘了，要娶引章時，盼兒是反對的，馬上吩咐小二打小閒。

如果周舍完全不是對手，一上來就被盼兒引動得迷迷糊糊，戲就不好看了，一定要能針鋒相對，戲才精彩。現在危機來了，盼兒卻馬上化危機為轉機，辯稱當時因為自己想嫁周舍，周舍卻要娶引章，當然要反對了。而且到如今都不死心，才會自己帶著嫁妝趕來繼續爭取，誰知周舍還是如此無情，竟然還要打同來的小閒，那就死心離開算了，盼兒、小閒一搭一唱，營造出盼兒是如此癡心的假象。這下，周舍的疑心也解除了，虛榮心也上來了。他和多少妓女交過手，本就不會輕易上當，自己和引章的婚姻出問題時，盼兒忽然出現，當然可疑，卻原來盼兒是這麼喜歡自己啊，終於掉入盼兒的圈套中。

這時，先前收到盼兒信的宋引章也來配合演出，她到客店，見周舍與盼兒在一起，開始吵鬧，周舍拿起棍子要打，證實了周舍的家暴行徑，當盼兒說那麼粗的棍子會打死人的，周舍回答：「丈夫打殺老婆，不該償命。」盼兒決定馬上進行下一步動作，她假做嗔怒，要賴說是周舍安排引章來罵自己，又做出要離去的動作。周舍當然辯解，盼兒順水推舟，說若是休了引章，她就嫁給周舍。周舍何等精明，他想若是休了引章，盼兒又不嫁，豈不兩頭落空，要盼兒發誓。盼兒二話不說，馬上發誓說如果自己悔婚，會在屋子裡被馬踏死，被燈草打斷腰骨，還說：「你逼得我賭這般重咒。」兩件都是不可能發生的事，所以誓言無效，而倒也不是周舍這麼好哄，這又是劇場上慣用的插科打諢的技倆，為博觀眾笑樂。成親聘定，要以羊、酒、紅羅做為契約的證據，盼兒早都算到了，全數自備，這樣一來，她也就並沒有收受周舍的聘禮，日後在公堂上不致敗北。她還跟周舍說這有什麼好爭的，「你的便是我的，我的就是你的」。在營救宋引章的第一回合，趙盼兒大獲全勝。

關漢卿筆下的趙盼兒神采飛揚，在舞臺上喬張做致的調弄周舍。要拯救落入恐慌的受家暴婦女，盼兒不是憤怒、指責、哀告，因為她知道那對周舍是無效的，於是採用智取的方法。周舍既然喜愛煙花粉黛，就以其人之道還治其身，盼兒以自身為籌碼，攻破周舍心防，騙取休書，讓宋引章得以正大光明的離開周家，而且不致有後續的干擾。不論閱讀，或在舞臺上搬演，都是嬉笑怒罵，大快人心。

三、《詐妮子調風月》

第二折

（外孤一折）[1]

（正末、外旦[2]郊外一折）

（正末、六兒[3]上）

（正旦帶酒[4]上，云）恰共女伴每蹴罷秋千，逃席的走來家。這早晚小千戶敢來家了也。

【中呂】【粉蝶兒】年例寒食，鄰姬每鬥[5]來邀會，去年時沒人將我拘管收拾。打秋千，閒鬥草，直到個昏天黑地；今年個不敢來遲，有一個未拿著性兒[6]女婿。

（正末不奈煩科）

（做到書院見正末，云）你吃飯未[7]？

【醉春風】因甚把玉粳米牙兒抵[8]，金蓮花攢枕[9]倚？或嗔或喜臉兒多？哎！你、你！教我沒想沒思，兩心兩意，早晨古自一家一計[10]！

（正旦云）我猜著你咱。

（正末云了）（正旦唱）

【朱履曲】莫不是郊外去逢著甚邪祟？又不瘋又不呆癡，面沒羅[11]、呆答孩[12]、死堆灰[13]。這煩惱在誰身上？莫不在我根底[14]，打聽得些閒是非？

（正末云了）

（正旦審住[15]，云）是了！（唱）

【滿庭芳】見我這般微微喘息，語言恍惚，腳步兒查梨[16]。慢松松[17]胸帶兒頻那系[18]，裙腰兒空閒裡偷提。見我這般氣絲絲偏斜了鬏髻[19]，汗浸浸折皺了羅衣。似你這般狂心記，一番家搓揉人的樣勢，休胡猜人，短命黑心賊[20]！

（正末云了）

（正旦云）你又不吃飯也，睡波。

（末更衣科）（正旦唱）

【十二月】直到個天昏地黑，不肯更換衣袂；把兔鶻[21]解開，紐扣相離，把襖子疏剌剌松開[22]上拆，將手帕撇漾在田地。

（正末慌科）（正旦唱）

【堯民歌】見那廝手慌腳亂緊收拾，被我先藏在香羅袖兒裡。是好哥哥和我做頭敵[23]，咱兩個官司有商議。休題[24]！休題！哥哥撇下的手帕是阿誰[25]的？

（正末云了）（正旦唱）

【江兒水】老阿者[26]使將來伏侍你，展污了咱身起[27]。你養著別個的，看我如奴婢，燕燕那些兒虧負你？

（旦做住）

（正末告科）（正旦唱）

【上小樓】我敢摔碎這盒子，玳瑁納子[28]，教石頭砸碎。（帶云）這手帕。（唱）剪了做靴簷，染了做鞋面，持了做鋪持[29]。一萬分好待你，好覷你！如今刀子根底，我敢割得來粉零麻碎！

（正末云了）

（正旦云）直恁值錢！（唱）

【么】更做道你好處打換來的[30]，卻怎看得非輕，看得值錢，待得尊貴？這兩下裡撚綃[31]的，有多少功績，到[32]重如細攙絨繡來胸背[33]？

（正末云了）（正旦唱）

【哨遍】並不是婆娘人[34]把你抑勒招取[35]，那肯心兒[36]自說來的神前誓。天果報，無差移，子爭個來早來遲。限時刻，十王地藏，六道輪回，單勸化人間世。善惡天心人意，人間私語，天聞若雷。但年高都是積善好心人；早壽夭都是辜恩負德賊。好說話清晨，變了卦今日，冷了心晚夕。

（宋云）（正旦出來科）（唱）

【耍孩兒】我便做花街柳陌風塵妓，也無那忺[37]過三朝五日。你那浪心腸看得我忒容易，欺負我是半良半賤身軀。半良身情深如你那指腹為親婦；半賤體意重似拖麻拽布[38]妻。想不想在今日，都了絕爽利，休盡我精細。

（云）我往常伶俐，今日都行不得了呵！（唱）

【五煞】別人斬眉[39]我早舉動眼，道頭知道尾。你這般沙糖般甜話兒多曾吃！你又不是殘花醞釀蜂兒蜜，細雨調和燕子泥。自笑我狂蹤跡。我往常受那無男兒煩惱，今日知有丈夫滋味。

【四煞】待爭來怎地爭？待悔來怎地悔？怎補得我這有氣分全身體？打也阿兒[40]包髻，真加[41]要帶與別人成美，況團衫怎能勾披？他若不在俺宅司[42]內，便大家南北，各自東西！

【三煞】明日索一般供與他衣袂穿，一般過與他茶飯吃，到晚送得他被底成雙睡。他做成暖帳三更夢，我撥盡寒爐一夜灰。有句話存心記：則願得辜恩負德，一個個蔭子封妻！

【二煞】出門來一腳高一腳低，自不覺鞋底兒著田地。痛連心除他外誰根前說，氣夯破肚[43]別人行[44]怎又不敢提？獨自向銀蟾[45]底，則道是孤鴻伴影，幾時吃四馬攢蹄[46]？

【尾】呆敲才[47]、呆敲才休怨天；死賤人、死賤人自罵你！本待要皂腰裙，剛待要藍包髻，則這的是折貴攀高落得的！（下）

[1] 本劇只保留完整曲文，至於道白與動作（科），都只簡單帶過。外，指主角之外的角色，孤是官員，這裡由外扮演的官員，指的是鶯鶯的父親，「外孤一折」，是指他上場演出一小段戲。

[2] 外旦：是正旦之外的角色，等於女配角，這裡是指鶯鶯小姐。表演內容應該是小千戶與鶯鶯寒食節在郊外相逢，彼此一見鍾情，鶯鶯將寶盒和羅帕送給小千戶當信物。

[3] 六兒：女真人稱童僕為六兒，也寫成「溜兒」。

[4] 帶酒：喝了酒，有點醉意。

[5] 鬥：在這裡同「都」字。本劇是說鄰家的女孩們都紛紛來邀燕燕一起去聚會。

[6] 未拿著性兒：還沒摸清楚脾氣。

[7] 末：同「麼」，語尾助詞，你吃飯了嗎？

[8] 粳米牙兒抵：粳米，粳稻的米，色白，有些品種會有點透明。在此形容小千戶的牙齒漂亮，像白玉做的粳米。抵，碰在一起，咬緊牙關，不太高興的樣子。

[9] 攢枕：幾個枕頭疊在一起。金蓮花攢枕，指枕頭上以金線繡著蓮花。

[10] 古自：猶自，還是。早上兩個人還是同心同意，為什麼現在好像有了隔閡，兩心兩意。

[11] 面沒羅：發呆，臉上沒有表情。

[12] 呆答孩：形容發呆的樣子。也作呆打頦、呆打孩，打頦是抬起下巴，引申為面無表情。

[13] 死堆灰：呆呆的，沒有精神的樣子。

[14] 根底：跟前，眼前，身邊。本句是燕燕以為小千戶沒精打彩，是由自己而起。

[15] 審住：思考之後。

[16] 查梨：查音ㄓㄚ，這裡是形容腳步不穩，歪歪斜斜的樣子。

[17] 慢松松：慢，寬；松，同鬆。古代小說戲曲的抄本或刻本常出現簡體字。形容寬鬆的樣子。

[18] 頻那系：古書中，「挪」常寫成「那」；系，同繫。指屢次挪動、繫緊。

[19] 鬏髻：古代婦女頭上套網的假髮，是一種裝飾性的假髻。

[20] 短命黑心賊：是帶有親暱意味的罵人的話，多用於男女戀人之間。燕燕以為小千戶懷疑自己，所以這樣罵他。

[21] 兔鶻：金代一種比較寬的腰帶。

[22] 疏刺刺松開：「松」同「鬆」。疏刺刺形容脫衣時，衣服發出的聲音。

[23] 頭敵：敵人。

[24] 休題：別說。可能是燕燕發現手帕後，唱「官司有商議」，意思是我們來說清楚，小千戶可能要先搶回手帕，燕燕攔阻說「這先不提」，接下句「你先告訴我手帕是誰的」。

[25] 阿誰：阿是發語詞，沒有意義，「阿誰」等同於「誰」。

[26] 阿者：女真語稱母親為阿者；老阿者是指老夫人。

[27] 展污了咱身起：展污，玷污；身起，身體。指小千戶已和燕燕發生肉體關係。

[28] 納子：扣住盒子的裝飾品，在此指玳瑁做的納子。

[29] 鋪持：又稱鋪襯，碎布，常用來做鞋底。是指要把別的女子送小戶的手帕拿來做鞋檐、鞋面、鞋底，踩在腳底下。

[30] 打換來的：打換，換取，指小千戶和鶯鶯互生愛意，彼此勾搭換來的。

[31] 撚綃：撚是用手取物，綃原是生絲織成的白綢，這裡借用指手帕。古代常以手帕作為男女定情信物。兩下裡撚綃的，指小千戶在燕燕和鶯鶯兩位女子間，兩邊示愛。

[32] 到：同倒，反而。

[33] 細攙絨繡來胸背：女真人的官服是用細絨布做的，胸、背都繡著圖案。這裡是質問小千戶，怎麼把到處留情看得比官位還重要？

[34] 婆娘人：燕燕自稱。

[35] 抑勒招取：逼迫認供。

[36] 肯心兒：心甘情願。

[37] 忺：喜愛。意思是說即使我是花街柳巷的妓女，和嫖客彼此的情愛也不會只有三天五天而已。

[38] 拖麻拽布：披麻帶孝。

[39] 斬眉：「斬」是「展」的借音字，展眉是眉毛一動。

[40] 也阿兒：三字是語助詞，沒有意義。

[41] 真加：真的。「加」有時寫成「家」，語助詞，

[42] 宅司：官署的宅院。燕燕是官家的婢女，所以住在宅司中。

[43] 氣夯破肚；怒氣衝破肚皮。

[44] 別人行：別人跟前。如爹行、娘行。

[45] 銀蟾：月亮。傳說月中有蟾蜍。

[46] 四馬攢蹄：把馬的四隻腳都攏在一起，馬就走不動了，引申為酒足飯飽，吃得幾乎都走不動了。這裡是燕燕歎息什麼時候才能和小千戶開懷暢飲，暗指婚禮的宴席是沒指望了。

[47] 呆敲才：「敲才」又稱「喬才」，宋元人的口語，壞蛋、敗類的意思。

【賞析】

小說戲曲中的婢女不但在身分上比小姐低一級，在戲分上也比小姐少，經常只擔任女配角；難得有一、兩齣戲忽然變成重要角色時，則是忙著在男女主角間傳書遞簡，幫小姐撮合婚姻。《詐妮子調風月》是少數以丫鬟為主角，而且是為自己爭取愛情與婚姻的戲。「詐」有機警、伶俐的意思；妮子本是宋元對侍婢的稱呼，後來引申泛稱女孩，本劇兼有這兩種意

思。第二折是演小千戶和丫頭燕燕互許終身後，又愛上千金小姐鶯鶯，對燕燕相當冷淡。燕燕先是胡亂猜疑，等得知實情後，醋勁大發，傷心、憤怒、痛悔。

寒食佳節，大家都到郊外踏青賞春，小千戶與官家小姐鶯鶯在郊外相逢，彼此一見鍾情，小姐贈給小千戶寶盒和羅帕，作為定情信物。小千戶回家後，茶飯不思，外出服都沒換下，只懶懶的坐在書房。燕燕和往年一樣跟女伴們出遊，以前無掛無礙，總玩到天黑才回家，今年有了還沒摸透他脾氣的情人在，燕燕匆匆忙忙的早早回家。

一回來馬上趕到書房，只見小千戶無精打采的，也不搭理自己，燕燕覺得很奇怪，早上兩人不是還好好的同心同意，怎麼現在小千戶臉色陰晴不定。燕燕開始胡猜，會不會是小千戶到郊外時，碰上什麼妖魔鬼怪的晦氣，才變成這樣呆呆的，一點精神也沒有。又或者自己玩得太高興，頭髮也散了，衣服也亂了，甚至為了急急跑回，以致氣喘吁吁，惹得小千戶誤會、不高興。她於是撒嬌的跟小千戶說，不許沒良心的胡亂猜疑。

照顧小千戶，原本就是燕燕的工作，既然小千戶不想吃飯，那就服侍他更衣，早早休息好了。正在服侍小千戶換衣服時，忽然一方羅帕掉落，小千戶手忙腳亂的要去撿，早被燕燕拿起來，塞進自己袖子裡，這下換燕燕來算帳了。問了半天，小千戶說出實情，而且和鶯鶯小姐的定情信物，除了羅帕還有小小的寶盒。

燕燕這時怒急攻心，忍不住開罵。自己是老夫人派來照顧小千戶的，是小千戶三番兩次展開溫柔攻勢，海誓山盟，說會當小夫人一樣珍惜，燕燕才答應許身的。現在把燕燕就只當奴婢看待，是可忍孰不可忍。小千戶這時低聲賠罪，燕燕想到自己是如何全心全意的對待小千戶，誰知他馬上移情別戀，於是拿起寶盒就想摔碎，還威脅說要把這方手帕剪碎，拿來當鞋幫子、鞋面、鞋底。小千戶趕緊說，這可是值錢的東西，不要亂來。燕燕更難過了，這是你和其他女子相好時換來的，就看得這麼尊貴，這樣兩邊留情，把自己的官職和做官的人應該有的信用倒看輕了。燕燕對小千戶說，當初並不是我逼著你答應我什麼，是你心甘情願賭咒發誓。人間私下的對話，在天上都像打雷時一樣大聲，老天是會有報應的，你的情感怎麼可以變化得這麼快呢？燕燕說完，離開書房，要走回自己的住處。

她越想越難過，即使是地位低賤、花街柳巷的女子，和情人間的愛情也不只三天五天吧，小千戶居然對自己這麼隨便，欺負自己是丫鬟這種半良半賤的身分。雖說是半良半賤，自己對小千戶的情義，卻是和指腹為親或為丈夫披麻帶孝的妻子一樣深哪。平日裡，自己多麼伶俐，別人一動眉毛，就查知他在想什麼，而且又不是沒聽過甜言蜜語，怎麼一聽小千戶的話，就糊里糊塗的以身相許呢。事到如今，要爭怎麼爭，要悔又如何悔，當初小千戶送自己的包髻、團衫、綢手巾，如今還好好收著，也不能說散就散，各分東西啊。自己是奴婢，明天還是必須照樣去為他準備衣服茶飯，這種難過也沒辦法跟別人訴說啊。燕燕魂不守舍，一腳高一腳低地在月光下走著，想到自己想跟小千戶成婚的事恐怕是沒希望了，只能罵自己是笨蛋，當時是貪圖成為小夫人的身分地位，折貴攀高，才落得這般下場。

為配合燕燕的身分，關漢卿選擇了像說話一般明快的曲詞，字句爽脆，像滴溜溜轉著的珍珠，這些珍珠形塑的是歷代戲曲中最有生命力，也最愛嬌的小丫鬟。

四、《望江亭中秋切鱠旦》

第三折

（衙內領張千、李稍上）

（衙內云）小官楊衙內是也。頗奈[1]白士中無理，量你到的那裡[2]！豈不知我要取譚記兒為妾？他就公然背了我，娶了譚記兒為妻，同臨任所，此恨非淺！如今我親身到潭州，標取白士中首級。你道別的人為甚麼我不帶他來？這一個是張千，這一個是李稍。這兩個小的，聰明乖覺，都是我心腹之人，因此上則帶的這兩個人來。

（張千去衙內鬢邊做拿科）

（衙內云）嗯！你做甚麼？

（張千云）相公鬢邊一個蝨子。

（衙內云）這廝倒也說的是。我在這船隻上個月期程[3]，也不曾梳篦的頭。我的兒，好乖！

（李稍去衙內鬢上做拿科）

（衙內云）李稍，你也怎的？

（李稍云）相公鬢上一個狗鱉[4]。

（衙內云）你看這廝！

（親隨[5]、李稍同去衙內鬢上做拿料）

（衙內云）弟子孩兒[6]，直恁的般多[7]！

（李稍云）親隨，今日是八月十五日中秋節令，我每安排些酒果，與大人玩月，可不好？

（張千云）你說的是。

（張千同李稍做見科，云）大人，今日是八月十五日中秋節令，對著如此月色，孩兒每與大人把[8]一杯酒賞月，何如？

（衙內做怒科，云）。嗯！這個弟子孩兒！說什麼話！我要來幹公事，怎麼教我吃酒？

（張千云）大人。您孩兒每並無歹意，是孝順的心腸。大人不用，孩兒每一點不敢吃。

（衙內云）親隨，你若吃酒呢？
（張千云）我若吃一點酒呵，吃血[9]！
（衙內云）正是，休要吃酒！李稍，你若吃酒呢？
（李稍云）我若吃酒，害疔瘡！
（衙內云）既是您兩個不吃酒，也罷，也罷，我則飲三杯，安排酒果過來。
（張千云）李稍，抬果桌過來。
（李稍做抬果桌科，云）果桌在此。我執壺，你遞酒。
（張千云）我兒，釃[10]滿著。
（做遞酒科，云）大人，滿飲一杯。
（衙內做接酒科）
（張千倒褪[11]自飲科）
（衙內云）親隨，你怎麼自吃了？
（張千云）大人，這個是攝毒的盞兒[12]。這酒不是家裡帶來的酒，是買的酒；大人吃下去，若有好歹，藥殺了大人，我可怎麼了！
（衙內云）說的是，你是我心腹人。
（李稍做遞酒科，云）你要吃酒，弄這等嘴兒；待我送酒，大人滿飲一杯。

（衙內接科）

（李稍自飲科）

（衙內云）你也怎的？

（李稍云）大人，他吃的，我也吃的。

（衙內云）你看這廝！我且慢慢的吃幾杯。親隨，與我把別的民船都趕開者！

（正旦拿魚上，云）這裡也無人。妾身白士中的夫人譚記兒是也。妝扮做個賣魚的，見楊衙內去。好魚也！這魚在那江邊遊戲，趁浪尋食，卻被我駕一孤舟，撒開網去，打出三尺錦鱗，還活活潑潑的亂跳。好鮮魚也！（唱）

【越調】【鬥鵪鶉】則這今晚開筵，正是中秋令節；只合低唱淺斟，莫待他花殘月缺。見了的珍奇，不消的咱說，則這魚鱗甲鮮滋味別。這魚不宜那水煮油煎，則是那薄批細切[13]。

（云）我這一來，非容易也呵！（唱）

【紫花兒序】俺則待稍關打節[14]，怕有那慣施捨的經商不請言賒[15]。則俺這籃中魚尾，又不比案上羅列[16]，活計全別。俺則是一撒網、一蓑衣、一箬笠，先圖些打捏[17]；只問那肯買的哥哥，照顧俺也些些。

（云）我纜住這船，上的岸來。

（做見李稍，云）哥哥，萬福！

（李稍云）這個姊姊，我有些面善。

（正旦云）你道我是誰？

（李稍云）姊姊，你敢是張二嫂麼？

（正旦云）我便是張二嫂，你怎麼不認的我了？你是誰？

（李稍云）則我便是李阿鱉。

（正旦云）你是李阿鱉？

（正旦做打科，云）兒子，這些時吃得好了，我想你來！

（李稍云）二嫂，你見我親麼？

（正旦云）兒子，我見你，可不知親哩！你如今過去和相公說一聲，著我過去切鱠，得些錢鈔，養活我來也好。

（李稍云）我知道了。親隨，你來！

（張千云）弟子孩兒，喚我做甚麼？

（李稍云）有我個張二嫂，要與大人切鱠。

（張千云）甚麼張二嫂？

（正旦見張千科，云）媳婦孝順的心腸，將著一尾金色鯉魚特來獻新[18]，望與相公說一聲咱。

（張千云）也得，也得！我與你說去。得的錢鈔，與我些買酒吃。你隨著我來。

（做見衙內科，云）大人，有個張二嫂，要與大人切鱠。

（衙內云）甚麼張二嫂？

（正旦見科，云）相公，萬福！

（衙內做意科，云）一個好婦人也！小娘子，你來做甚麼？

（正旦云）媳婦孝順的心腸，將著這尾金色鯉魚，一徑的來獻新。可將砧板、刀子來，我切鱠哩！

（衙內云）難得小娘子如此般用意！怎敢著小娘子切鱠，俗了手[19]！李稍，拿了去，與我薑辣煎火贊[20]了來。

（李稍云）大人，不要他切就村了[21]。

（衙內云）多謝小娘子來意！抬過果桌來，我和小娘子飲三杯。將酒來，小娘子，滿飲一杯！

（張千做吃酒科）

（衙內云）你怎的？

（張千云）你請他，他又請你；你又不吃，他又不吃，可不這杯酒冷了？不如等親隨乘熱吃了，倒也乾淨。

（衙內云）哇[22]！靠後！將酒來，小娘子滿飲此杯。

（正旦云）相公請！

（張千云）你吃便吃，不吃我又來也。

（正旦做跪衙內科）

（衙內扯正旦科，云）小娘子請起！我受了你的禮，就做不得夫妻了。

（正旦云）媳婦來到這裡，便受了禮，也做得夫妻。

（張千同李稍拍桌科，云）妙、妙、妙！

（衙內云）小娘子請坐。

（正旦云）相公，你此一來何往？

（衙內云）小官有公差事。

（李稍云）二嫂，專為要殺白士中來。

（衙內云）哇！你說甚麼！

（正旦云）相公，若拿了白士中呵，也除了潭州一害。只是這州裡怎麼不見差人來迎接相公？

（衙內云）小娘子，你卻不知，我恐怕人知道，走了消息，故此不要他們迎接。（正旦唱）

【金蕉葉】相公，你若是報一聲著人遠接，怕不的船兒上有五十座笙歌擺設。你為公事來到這些[23]，不知你怎生做兀的關節[24]？

（衙內云）小娘子，早是你來的早；若來的遲呵，小官歇息了也。（正旦唱）

【調笑令】若是賤妾晚來些，相公船兒上黑齁齁[25]的熟睡歇，則你那金牌勢劍身旁列。見官人遠離一射[26]，索用甚從人攔當者？俺只待拖狗皮[27]的、拷斷他腰截[28]。

（衙內云）李稍，我央及你，你替我做個落花媒人[29]。你和張二嫂說：大夫人不許他，許他做第二個夫人；包髻、團衫、繡手巾，都是他受用的。

（李稍云）相公放心，都在我身上。
（做見正旦科，云）二嫂，你有福也！相公說來：大夫人不許你，許你做第二個夫人；包髻、團衫、袖腿繃……
（正旦云）敢是繡手巾？
（李稍云）正是繡手巾。
（正旦云）我不信，等我自問相公去。
（正旦見衙內科，云）相公，恰才李稍說的那話，可真個是相公說來？
（衙內云）是小官說來。
（正旦云）量媳婦有何才能，著相公如此般錯愛也！
（衙內云）多謝，多謝！小娘子，就靠著小官坐一坐，可也無傷！
（正旦云）妾身不敢。（唱）
【鬼三臺】不是我誇貞烈，世不曾[30]和個人兒熱[31]。我醜則醜，刁決古懺[32]；不由我見官人便心邪，我也立不的志節。官人，你救黎民，為人須為徹；拿濫官，殺人須見血。我呵，只為你這眼去眉來，（正旦與衙內做意兒科，唱）使不著我那冰清玉潔。

（衙內做喜料，云）勿、勿、勿[33]！

（張千與李稍做喜科，云）勿、勿、勿！

（衙內云）你兩個怎的？

（李稍云）大家耍一耍。（正旦唱）

【聖藥王】珠冠兒怎戴者？霞帔兒[34]怎掛者？這三簷傘[35]怎向頂門遮？喚侍妾簇捧者。我從來打魚船上扭的那身子兒別[36]，替你穩坐七香車[37]。

（衙內云）小娘子，我出一對與你對：羅袖半翻鸚鵡盞。

（正旦云）妾對：玉纖[38]重整鳳凰衾。

（衙內拍桌科，云）妙、妙、妙！小娘子，你莫非識字麼？

（正旦云）妾身略識些撇豎點劃。

（衙內云）小娘子既然識字，小官再出一對：雞頭[39]個個難舒頸。

（正旦云）妾對：龍眼[40]團團不轉睛。

（張千同李稍拍桌科，云）妙、妙、妙！

（正旦云）妾身難的遇著相公，乞賜珠玉[41]。

（衙內云）哦，你要我贈你甚麼詞賦？有、有、有。李稍，將紙筆硯墨來！

（李稍做拿砌末[42]科，云）相公，紙墨筆硯在此。

（衙內云）我寫就了也！詞寄【西江月】[43]。

（正旦云）相公，表白[44]一遍咱。

（衙內做唸科，云）夜月一天秋露，冷風萬里江湖。好花須有美人扶，情意不堪會處。

仙子初離月浦[45]，嫦娥忽下雲衢[46]。小詞倉卒對君書，付與你個知心人物。

（正旦云）高才，高才！我也回奉相公一首，詞寄【夜行船】。

（衙內云）小娘子，你表白一遍咱。

（正旦做唸科，云）花底雙雙鶯燕語，也勝他鳳隻鸞孤。一霎恩情，片時雲雨，關連著

宿緣前注[47]。天保今生為眷屬，但則願似水如魚。冷落江湖，團圞人月，相連著夜行船去。

（衙內云）妙、妙、妙！你的更勝似我的！小娘子，俺和你慢慢的再飲幾杯。

（正旦云）敢問相公。因甚麼要殺白士中？

（衙內云）小娘子，你休問他。

（李稍云）張二嫂，俺相公有勢劍在這裡！

（衙內云）休與他看。

（正旦云）這個是勢劍？衙內見愛媳婦，借與我拿去治[48]三日魚好那！

（衙內云）便借與他。
（張千云）還有金牌哩！
（正旦云）這個是金牌？衙內見愛我，與我打戒指兒罷。再有甚麼？
（李稍云）這個是文書。
（正旦云）這個便是買賣的合同？
（正旦做袖文書科，云）相公再飲一杯。
（衙內云）酒勾了也！小娘子，休唱前篇，則唱么篇[49]。（做醉科）
（正旦云）冷落江湖，團圞人月，相隨著夜行船去。
（親隨同李稍做睡科）
（正旦云）這廝都睡著了也！（唱）
【禿廝兒】那廝也忒懵懂[50]，玉山低趄[51]，著鬼祟醉眼乜斜[52]。我將這金牌虎符都袖褪者；喚相公，早醒些，快迭[53]！
【絡絲娘】我且回身將楊衙內深深的拜謝，您娘向急颭颭[54]船兒上去也。到家對兒夫盡分說那一番周折。

（帶云）慚愧，慚愧！（唱）

【收尾】從今不受人磨滅[55]，穩情取[56]好夫妻百年喜悅。俺這裡，美孜孜在芙蓉帳笑春風；只他那，冷清清楊柳岸伴殘月。（下）

（衙內云）張二嫂！張二嫂那裡去了？

（做失驚科，云）李稍，張二嫂怎麼去了？看我的勢劍金牌可在那裡？

（張千云）就不見了金牌，還有勢劍共文書哩！

（李稍云）連勢劍文書都被他拿去了！

（衙內云）似此怎了也？（李稍唱）

【馬鞍兒】想著、想著跌腳兒[57]叫，（張千唱）想著、想著我難熬，（衙內唱）酩子裡[58]愁腸酩子裡焦。（眾合唱）又不敢著旁人知道，則把他這好香燒、好香燒，咒的他熱肉兒跳！

（衙內云）這廝每扮南戲[59]那！（眾同下）

[1] 頗奈：不可耐，引申為可恨。
[2] 到的那裡：往哪裡擺，算的了什麼。
[3] 期程：期限。
[4] 狗鱉：狗身上的寄生蟲，又叫狗虱。
[5] 親隨：貼身的僕從，本折指張千。
[6] 弟子孩兒：罵人的話，即婊子養的。
[7] 直恁的般多：怎麼這麼多。
[8] 把：遞、斟。
[9] 吃血：罵人的話，指不是人，是畜生。
[10] 釃：斟。
[11] 褪：同退。
[12] 攝毒的盞兒：檢查酒中是否有毒的一杯酒。
[13] 薄批細切：把魚切成薄片生吃，如日本的生魚片。
[14] 稍關打節：透過人情或賄賂等手段打通門路。
[15] 賒：買賣貨物時延期付款。

[16] 案上羅列：買賣時放在架上的貨物，這裡指這尾魚是剛撈上來的，極為新鮮，不是一般店裡賣的可比。

[17] 打捏：生活費用。

[18] 獻新：把當季新出的產品賣給貴族或富人，以便賣得較高的價錢。

[19] 俗了手：指切魚是俗事，不適合讓這麼漂亮的人去做。

[20] 煎火贊：煎燴，把煮熟的食物調和上濃汁。

[21] 村：蠢笨，這裡是指外行。鮮魚薄切成生魚片最好，現在要加上濃鹽赤醬煎燴，實在外行。

[22] 哇：斥責人的聲音。

[23] 這些：這裡。

[24] 關節：在此指機關、計策。

[25] 黑齁齁：打鼾的聲音。

[26] 一射：一箭可以射到的距離。

[27] 拖狗皮：罵人的話，像拖死狗一樣拖來。

[28] 腰截：腰桿子。

[29] 落花媒人：現成的媒人。

[30] 世不曾：從來沒有過。

[31] 熱：親熱。

[32] 刁決古憋：個性彆扭。

[33] 勿、勿、勿：嬉鬧時發出的聲音，如嘻嘻嘻、喔喔喔。

[34] 霞帔：繡有花色的長背心，是皇帝賞賜的官員妻子服裝。

[35] 三檐傘：三層、三道檐的傘，官員或貴婦才能使用。

[36] 扭的那身兒別：別，不一樣，是指漁婦在漁船上必須以不自然的姿勢扭動身體搖櫓。接下句，如今卻要穩穩的坐著七香車。

[37] 七香車：以有香氣的木料做成的華貴車子，也是富貴人家才能使用的。

[38] 玉纖：女人美麗的手。上句鸚鵡盞，本句鳳凰裘，是形容華麗的酒杯與服裝。

[39] 雞頭：芡實。

[40] 龍眼：桂圓。

[41] 珠玉：對別人文學作品的美稱。

[42] 砌末：舞臺上使用的道具，這裡指紙墨筆硯。

[43] 【西江月】：曲牌名，依【西江月】的規則填上文字，下文詞寄【夜行船】，也是同樣的意思。

[44] 表白：唸誦。

[45] 月浦：月亮旁邊。

[46] 雲衢：雲間的路。

[47] 宿緣前注：前世注定的緣分。

[48] 治：處理。

[49] 么篇：戲曲歌唱，依照前一個曲牌再填一首，稱為么篇。這裡指只唱後面的曲子。

[50] 懵懂：糊塗，不明白事理。

[51] 玉山低趄：玉山形容喝醉酒的人的身體；低趄，歪斜的樣子。

[52] 乜斜：眼睛朦朧睜不開的樣子。

[53] 快迭：快點。

[54] 急颭颭；順風行駛。

[55] 磨滅：折磨、壓迫。

[56] 穩情取：一定可以。

[57] 跌腳：頓足，跳腳。

[58] 酩子裡：暗地裡，背地裡。

[59] 扮南戲：雜劇是一人主唱，南戲是每個角色都可以唱，這裡戲的最後，李稍、張千、衙內合唱，所以衙內開玩笑的說，他們在演南戲。

【賞析】

計謀，一向是戲曲中最能引起觀眾興趣、打動人心的元素，關漢卿尤善於此道。不論是《竇娥冤》的毒藥之計、《哭存孝》的讒言毒計，或《救風塵》的風月之計，都使劇情翻轉，出現新的局面。而《望江亭》中譚記兒的智計更是險中求勝，保護了自己的夫婿和婚姻。她和趙盼兒同樣是以自身為籌碼去化解危機，不同的是，她必須卸下夫人的身分，改扮漁婦，去迷惑比周舍更難對付，威勢更盛，更加危險，並且握有勢劍金牌的楊衙內。而且，她終究是夫人，不宜演出趙盼兒的風月身段，楊衙內也有一定的文采和官儀，於是關漢卿安排了衙內身旁兩個心腹之人張千、李稍，由他們來負責調笑滑稽的表演，使本折從刀頭上舔血的矇哄，滿溢著輕鬆歡笑的氣息，委實是高手中的高手。

本折開場，是楊衙內帶著張千、李稍來到潭州，中秋夜暫宿江邊大船上，打算次日就去取白士中的項上人頭。三人委實百無聊賴，張千去幫衙內頭上抓虱子，李稍也跟著去抓狗鱉，一開始就把氣氛塑造得荒唐突梯，自此，全折中張千、李稍不斷藉著模仿與重複，製造笑點。

究竟要如何排遣時間呢？李稍建議，既然是中秋夜，來喝酒吧，李稍告訴張千，張千又去告訴衙內。衙內擺出架子，說這回是來辦事的，喝什麼酒，張千、李稍只好賭誓不喝酒。

既然張李不喝，衙內說他就自己喝囉。忽然來個反拍，將張李一軍。接著抬桌遞酒，心腹之人當然不只要言聽計從、忠心耿耿，更要做一些突兀動作，博主人一笑，於是張千拿酒自己先喝了，理由是先試試酒裡有沒有毒。這種由地位低下的人來開主人的玩笑，是關漢卿老練的寫作方式，讓衙內和觀眾更覺得好笑。李稍當然也再效法一次。

戲到這裡，基本環境和情調已經建立好了，女主角譚記兒於焉上場。她上來就和李稍裝熟，自稱張二嫂，並要李稍幫忙，讓她為衙內切鱠，賺點生活費。小人物也自有他們熟於世故的溫暖，李稍又去告訴張千，張千也同意了，不忘跟記兒說等一下賺的錢，別忘了分自己一點。張千、李稍都不是什麼大惡之人，他們知道能給人方便時就給一點，也有一點小奸小壞，這是民間常見的，觀眾並不會特別憎厭他們，他們在舞臺上的搬演才能逗趣的惹人發笑。

譚記兒見了楊衙內，開始吹噓自家的魚有多麼新鮮，衙內見到記兒的美貌，哪還顧得了魚，叫李稍去處理就是，趕緊請記兒坐下喝酒，張千又來搶戲，先把酒喝了。記兒規規矩矩跪下行了大禮，衙內趕緊去扯，說是受了禮就不好成夫妻了，記兒故意挑逗的說：「便受了禮，也做得夫妻。」張千、李稍在一旁拍桌起鬨。

記兒確認衙內要來殺白士中的事，又問明了勢劍金牌文書所在，為了避免衙內疑心，故意裝成沒見過世面的村婦，說要借勢劍來殺魚，拿金牌打戒指，文書則是一般的買賣合約。

衙內見記兒彷彿有情，請李稍當現成媒人，許給記兒小夫人的身分，記兒表現了對貴族生活的嚮往，於是衙內和記兒一邊喝酒一邊對對子、作曲詞。衙內發現這位張二嫂竟然識字，越發高興，加上張李兩人在旁湊趣，酒興越高，結果衙內和張千、李稍全醉倒了。記兒取走勢劍金牌，並用衙內送他的曲詞跟公文掉包，搭上來時的小船翩然離開。

有趣的是李稍、張千、衙內醒來後，發現一干物件都被張二嫂取走，不免跳腳，三人合唱【馬鞍兒】單曲。元雜劇是一人主唱，南戲則劇中每個人都可以唱，現在竟然三人合唱，衙內忽然跳到戲外，對觀眾說「這廝每扮南戲那」，想必會引起一場大笑。戲中角色跳到戲外，向觀眾發言，並評論正在進行的演出，這原是劇場常出現的狀況，在此也可以知道，關漢卿不只在書房寫作，更是經常出入劇場的劇人。

五、《鄧夫人苦痛哭存孝》

第三折

（劉夫人上，云）描鸞刺繡不曾習，劣馬彎弓敢戰敵。圍場隊裡能射虎，臨軍對陣兵機識。老身劉夫人是也。昨日引將存孝孩兒來阿媽行[1]欲待說也，不想亞子[2]在圍場中落馬，我親到圍場中看孩兒，原來不曾落馬，都是李存信、康君立的智量[3]。未知存孝孩兒怎生，使一個小番探聽去了，這早晚敢待來也。

（正旦扮莽古歹[4]上，云）自家莽古歹便是。奉阿者[5]的言語，著吾打探存孝去；不想阿媽醉了，信著康君立、李存信的言語，將存孝五裂[6]了。不敢久停久住，回阿者的話走一遭去也。（唱）

【中呂】【粉蝶兒】頗奈這兩個奸邪，看承[7]做當職忠烈，想俺那無正事好酒的爹爹！他兩個似虺蛇[8]，如蝮蠍，心腸乖劣。我呸呸的走似風車，不付能盼到宅舍。

【醉春風】一托氣[9]走將來，兩隻腳不暫歇；從頭一一對阿者，我這裡便說、說。是做的[10]潑水難收，至死也無對，今日個一樁也不借[11]。

（劉夫人云）阿的[12]好小番也！暖帽貂裘最堪宜，小番平步走如飛。吾兒存孝分訴罷，盡在來人是與非。你見了存孝，他阿媽醉了，康君立、李存信說什麼來？喘息定，慢慢的說一遍。（正旦唱）

【上小樓】則俺那阿媽醉也，心中乖劣；他兩個巧語花言，鼓腦爭頭[13]，損壞英傑。他兩個廝間別[14]，犯口舌[15]，不教分說；他兩個旁邊相倚強作孽。

（劉夫人云）小番，他阿媽說甚麼來？存孝說甚麼來？李阿媽醺醺酒醉，李存孝忠心仁義。子父每兩意相投，犯唇舌存信、君立。他阿媽與存孝誰的是，誰的不是，再說一遍咱。

（正旦唱）

【上小樓】做兒的會做兒，做爺的會做爺，子父每無一個差遲[16]，生各札[17]的義斷恩絕！阿媽那裡緊當[18]者，緊攔者，不著疼熱。他道是：你這姓安的怎做李家枝葉！

（劉夫人云）小番，阿媽那裡有兩逆賊麼？

（莽古歹云）是那兩個？

（劉夫人云）一個是康君立，雙尾蠍侵入骨髓；一個是李存信，兩頭蛇讒言佞語。他則要損忠良英雄虎將，他全無那安邦計赤心報國。那兩個怎生支吾來？

（莽古歹云）阿者，聽你孩兒從頭至尾說與阿者，則是休煩惱也！（唱）

【十二月】則您那康君立哏絕[19]，則您那李存信似蠍蜇[20]；可端的憑著他劣缺[21]，端的是今古皆絕。枉了他那眠霜臥雪，阿媽他水性隨邪[22]。

（劉夫人云）俺想存孝孩兒，華嚴川捨命，大破黃巢定邊疆；他是那擎天白玉柱，端的是駕海紫金梁。他兩個無徒[23]，怎生害存孝來？（正旦唱）

【堯民歌】他把一條紫金梁生砍做兩三截，阿者休波，是他便那裡每分說！想著十八騎長安城內逞豪傑，今日個則落的足律律[24]的旋風踅，我可便傷也波嗟。將存孝見時節，阿者，則除是水底下撈明月！

（劉夫人云）小番，你要說來又不說，可是為甚麼來？

（莽古歹云）李存信、康君立的言語，將存孝五車裂死了也！

（劉夫人云）苦死的兒也！

（莽古歹云）他臨死時，將存孝棍棒臨身，毀罵了千言萬語，眼見的命掩黃泉。

（劉夫人云）存孝兒銜冤負屈，孩兒怎生死了來？（正旦唱）

【耍孩兒】則聽的喝一聲馬下如雷烈，恰便似鶻打寒鳩哏絕。那兩個快走向前來，那存孝待分說怎的分說？一個指著嘴縫連罵到有三十句，一個扶著軟肋裡撲撲撲的撞到五六靴。委實的難割捨，將存孝五車爭[25]壞，霎時間七段八節。

（劉夫人云）想必那廝取存孝有罪招狀，責口詞[26]無冤文書，知賺的推在法場，暗送了七尺身軀。（正旦唱）

【三煞】又不曾取罪名，又不曾點紙節[27]；可是他前推後擁強牽拽。軍兵鐵桶周圍鬧，棍棒麻林前後遮，撲碌碌[28]推到法場也。稱了那兩個賊漢的心願，屈殺了一個英傑！

（劉夫人云）想當日俺那存孝孩兒多有功勞：活挾了孟截海，殺了鄧天王，槍搠殺張歸霸，十八騎入長安，撾打殺耿彪，火燒了永豐倉，有九牛之力，打虎之威。怎生死了我那孩兒來！

（莽古歹云）存孝道：（唱）

【二煞】我也曾把一個鄧天王來旗下斬，我也曾把孟截海馬上挾，我也曾將大蟲打的流鮮血，我也曾雙撾打殺千員將。今日九牛力，擋不的五輛車五下裡把身軀拽。將軍死的苦痛，見了的那一個不傷嗟！

（劉夫人云）五輛車，五五二十五頭牛，一齊的拽，存孝怎生者？（正旦唱）

【尾聲】打的那頭口[29]門驚驚跳跳；叫道是打打俫俫[30]。則見那忽刺鞭[31]颼颼的摔動一齊拽，將您那打虎的將軍命送了也！（下）

（劉夫人云）李克用，你信著這兩個賊子的言語，將俺存孝孩兒屈死了。李克用，你好哏也！五輛車五下齊拽，鐵石人嚎咷痛哭。將身軀骨肉分開，血染赤黃沙地土。再不能子母團圓，越思量越添悽楚。劉夫人苦痛哀哉，李存孝身歸地府。（做哭科，云）哎喲，存孝孩兒也，則被你痛殺我也！（下）

---

[1] 阿媽：女真族稱父親為阿媽，又作阿馬。阿媽行，是指阿媽跟前。

[2] 亞子：李克用親生兒子李存勗，小名亞子。

[3] 智量：智謀、詭計。

[4] 莽古歹：小番，漢語為小校。

[5] 阿者：女真族稱母親為阿者。

[6] 五裂：五車分屍。

[7] 看承：看待。

[8] 虺蛇：蝮蛇，一種劇毒的蛇。

[9] 一托氣：一口氣。

[10] 是做的：宋元俗語，已經做成。

[11] 不借：不顧惜，顧不得。

[12] 阿的：這個，也寫成兀的、兀底。

[13] 鼓腦爭頭：鑽頭探腦，行為鬼祟。

[14] 間別：挑撥離間。

[15] 犯口舌：多嘴，挑起語言糾紛。

[16] 差遲：錯誤。

[17] 生各札：活生生的。

【賞析】

李克用廣收義子，共十三人，皆封太保，號稱十三太保，其中本名安敬思的李存孝最為武勇，功勞也最大，後被李克用車裂而死，民間惘其英雄豪傑，未克善終，編出許多故事傳唱，本劇即是其中之一。

劇中講李克用率領沙陀兵鎮壓黃巢，被封為晉王後，好酒貪杯，聽信讒言。李存信、康君立兩名義子，妒忌存孝勳業，先奪了存孝潞州封地，又想害死存孝。兩人到存孝駐地邢州，說克用叫存孝重認舊名，然後向克用誣稱存孝即將造反。克用妻子劉夫人不信，親到邢州，查知乃存信、君立計謀，於是帶存孝回克用處，擬說明真相。存信、君立謊稱夫人親子亞子受傷，劉夫人匆匆趕往探視，存信、君立趁機假傳克用之命，將存孝五裂身亡。

本折是由莽古歹向劉夫人說明李存孝被殺的經過。此時戲劇動作停止，而是把之前發生的事，重講一遍，採用的是接近說唱的方式，夫人問，莽古歹唱做俱佳的訴說過程。莽古歹以生動活潑且飽含情感的話語，描繪李存孝一生功業，及如何含冤受屈、如何不經審判便正典刑，同時並嚴厲的指斥存信與君立的奸滑暴戾。刻意選此折，除了因為此折保存說唱遺跡，更因為關漢卿以灑爛豪辣之筆來歌頌李存孝這位一代英傑，漢卿之筆與存孝之為人，俱是英雄事業。

六、《關大王獨赴單刀會》

第四折

（魯肅上，云）歡來不似今朝，喜來那逢今日？小官魯子敬是也。我使黃文持書去請關公，欣喜許今日赴會，荊襄地合歸還俺江東。英雄甲士已暗藏壁衣[1]之後，令人江上相候，見船到便來報我知道。

（正末關公引周倉上，云）周倉，將到那裡也？

（周云）來到大江中流也。

（正末云）看了這大江，是一派好水呵！（唱）

【雙調】【新水令】大江東去浪千疊，引著這數十人駕著這小舟一葉。又不比九重龍鳳闕[2]，可正是千丈虎狼穴[3]。大丈夫心別，我覷這單刀會似賽村社[4]。

（云）好一派江景也呵！（唱）

【駐馬聽】水湧山疊，年少周郎何處也？不覺的灰飛煙滅，可憐黃蓋轉傷嗟。破曹的檣櫓一時絕，鏖兵的江水由[5]然熱，好教我情慘切！（帶云）這也不是江水，（唱）二十年流不盡的英雄血！

（云）卻早來到也，報復去。

（年報科）

（做相見科）

（魯云）江下小會，酒非洞裡之長春[6]，樂乃塵中之菲藝[7]，猥勞君侯屈高就下，降尊臨卑，實乃魯肅之萬幸也！

（正末云）量某有何德能，著大夫置酒張筵？既請必至。

（魯云）黃文，將酒來。二公子滿飲一杯。

（正末云）大夫飲此杯。（把盞科）

（正末云）想古今咱這人過日月好疾也呵！

（魯云）過日月是好疾也。光陰似駿馬加鞭，浮世似落花流水。（正末唱）

【胡十八】想古今立勳業，那裡也舜五人[8]、漢三傑？兩朝相隔數年別，不付能[9]見者，卻又早老也。開懷的飲數杯，（云）將酒來。（唱）盡心兒待醉一夜。（把盞科）

（正末云）你知以德報德，以直報怨麼？

（魯云）既然將軍言以德報德，以直報怨，借物不還者謂之怨。想君侯文武全材，通練兵書，習《春秋》、《左傳》，濟拔顛危，匡扶社稷，可不謂之仁乎？待玄德如骨肉，覷曹操若仇讎，可不謂之義乎？辭曹歸漢，棄印封金[10]，可不謂之禮乎？坐服于禁[11]，水淹七軍，可不謂之智乎？且將軍仁義禮智俱足，惜乎止少個信字，欠缺未完。再若得全個信字，無出君侯之右也。

（正末云）我怎生失信？

（魯云）非將軍失信，皆因令兄玄德公失信。

（正末云）我哥哥怎生失信來？

（魯云）想昔日玄德公敗于當陽之上，身無所歸，因魯肅之故，屯軍三江夏口。魯肅又與孔明同見我主公，即日興師拜將，破曹兵於赤壁之間。江東所費巨萬，又折了首將黃蓋。因將軍賢昆玉[12]無尺寸地，暫借荊州以為養軍之資；數年不還。今日魯肅低情曲意，暫取荊州，以為救民之急；待倉廩豐盈，然後再獻與將軍掌領。魯肅不敢自專、君侯臺鑒[13]不錯。

（正末云）你請我吃筵席來那，是索荊州來？

（魯云）沒、沒、沒，我則這般道。孫、劉結親，以為唇齒，兩國正好和諧。（正末唱）

【慶東原】你把我真心兒待，將筵宴設，你這般攀今覽古，分甚枝葉？我根前使不著你之乎者也、詩云子曰[14]，早該豁口截舌！有意說孫、劉，你休目下番成吳、越[15]！

（魯云）將軍原來傲物輕信！

（正末云）我怎傲物輕信？

（魯云）當日孔明親言：破曹之後，荊州即還江東。魯肅親為代保。不思舊日之恩，今日恩變為仇，猶自說以德報德，以直報怨！聖人道：「信近於義，言可復[16]也。」「去食去兵，不可去信。」「大車無輗，小車無軏，其何以行之哉？」[17]今將軍全無仁義之心，枉作英雄之輩。荊州久借不還，卻不道「人無信不立」！

（正末云）魯子敬，你聽的這劍界[18]麼？

（魯云）劍界怎麼？

（正末云）我這劍界，頭一遭誅了文醜，第二遭斬了蔡陽，魯肅呵，莫不第三遭到你也？

（魯云）沒、沒，我則這般道來。

（正末云）這荊州是誰的？

（魯云）這荊州是俺的。

（正末云）你不知，聽我說。（唱）

【沉醉東風】想著俺漢高皇圖王霸業，漢光武秉正除邪，漢王允將董卓誅，漢皇叔把溫侯滅，俺哥哥合情受漢家基業。則你這東吳國的孫權，和俺劉家卻是甚枝葉[19]？請你個不克己[20]先生自說！

（魯云）那裡甚麼響？

（正末云）這劍界二次也。

（魯云）卻怎麼說？

（正末云）這劍按天地之靈，金火之精，陰陽之氣，日月之形；藏之則鬼神遁跡，出之則魑魅[21]潛踪；喜則戀鞘沉沉而不動，怒則躍匣錚錚而有聲。今朝席上，倘有爭鋒，恐君不信，拔劍施呈。吾當攝劍[22]，魯肅休驚。這劍果有神威不可當，廟堂之器豈尋常。今朝索取荊州事，一劍先交[23]魯肅亡。（唱）

【雁兒落】則為你三寸不爛舌，惱犯我三尺無情鐵。這劍饑餐上將頭，渴飲仇人血。

【得勝令】則是條龍向鞘中蟄[24]，虎在坐間踅[25]。今日故友每才相見，休著俺弟兄每相間別[26]。魯子敬聽者，你內心休喬怯[27]，暢好是隨邪[28]，吾當酒醉也。

（魯云）臧宮動樂。

（臧宮上，云）天有五星，地攢五岳。人有五德，樂按五音。五星者：金、木、水、火、土。五岳者：常、恒、泰、華、嵩。五德者：溫、良、恭、儉、讓。五音者：宮、商、角、徵、羽。（甲士擁上科）

（魯云）埋伏了者。

（正末擊案，怒云）有埋伏也無埋伏？

（魯云）並無埋伏。

（正末云）若有埋伏，一劍揮之兩段！（做擊案科）

（魯云）你擊碎菱花[29]。

（正末云）我特來破鏡[30]！（唱）

【攪箏琶】卻怎生鬧炒炒軍兵列，休把我當[31]攔著。（云）當著我的，呵呵！（唱）我著他劍下身亡，目前流血！便有那張儀口，蒯通舌[32]，休那裡躲閃藏遮。好生的送我到船上者，我和你慢慢的相別。

（魯云）你去了倒是一場伶俐[33]。

（黃文云）將軍，有埋伏哩。

（魯云）遲了我的也。

（關平領眾將上，云）請父親上船，孩兒每來迎接哩。

（正末云）魯肅，休惜殿後[34]。（唱）

【離亭宴帶歇指煞】我則見紫袍銀帶公人[35]列，晚天涼風冷蘆花謝，我心中喜悅。昏慘慘晚霞收，冷颼颼江風起，急颭颭[36]帆招惹。承管待[37]、承管待，多承謝、多承謝。喚梢公[38]慢者，纜解開岸邊龍，船分開波中浪，棹攪碎江心月。正歡娛有甚進退，且談笑不分明夜。說與你兩件事先生記者：百忙裡稱不了老兄心，急切裡倒不了俺漢家節。（下）

[1] 壁衣：掛在牆上的帳幔。
[2] 九重龍鳳闕：皇帝所住的華麗宮殿。
[3] 千丈虎狼穴：形容極端危險的地方。
[4] 賽村社：農村社日的迎神賽會。
[5] 由：同猶，還是。
[6] 長春：仙人所釀的美酒。
[7] 菲藝：粗淺的才藝。
[8] 舜五人：舜手下的五個賢臣，禹、棄、契、皋陶、垂。
[9] 不付能：不甫能，好不容易。
[10] 棄印封金：關羽兵敗徐州，和兄弟失散，暫時投靠曹操。曹操贈給他許多金銀，並封他「漢壽亭侯」。後來關羽得知劉備在袁紹處，將金銀和印信留下，投奔劉備。
[11] 于禁：曹操部將，統帥水軍。
[12] 昆玉：對別人兄弟的尊稱。
[13] 臺鑒：臺，大，對他人的尊稱。鑒，觀察。
[14] 之乎者也，詩云子曰：指咬文嚼字掉書袋。

[15] 吳、越：春秋戰國之際，吳越兩國紛爭不已，指敵對的國家。

[16] 復：實踐。信近於義兩句，出《論語．學而》。

[17] 大車無輗三句：出《論語．為政》，指人沒有信用是行不通的。

[18] 劍界：寶劍發出的響聲。

[19] 枝葉：旁枝遠族。

[20] 不克己：不能克服自己的偏見。

[21] 魑魅：山林裡害人的精怪。

[22] 攝劍：持劍。

[23] 交：教。

[24] 蟄：隱伏。

[25] 趷：藏匿。

[26] 間別：分離、隔絕。

[27] 喬怯：又刁滑又膽怯。

[28] 隨邪：無情寡義。

[29] 菱花：原是銅鏡的圖飾，引申為「鏡」。

[30] 破鏡：魯肅字子敬，在此藉著「鏡、敬」同音，來恐嚇魯肅。

[31] 當：擋。

[32] 張儀口，蒯通舌：張儀、蒯通，都是古時有名的辯士說客。

[33] 伶俐：這裡是乾淨的意思。

[34] 殿後：跟在後面。

[35] 公人：這裡專指官員。

[36] 急颭颭：順風疾行的樣子。

[37] 管待：招待、款待。

[38] 梢公：船夫。

【賞析】

元雜劇四折通常依起承轉結的型態進行，高潮多在第三折，第四折往往是收拾情節，結束全局，甚至偶有強弩之末的狀況出現。本劇則別開生面，將全劇重點放在第四折。第一、二折，由正末分別扮演喬公和司馬徽，以烘雲托月的手法，敘述了關羽的武勇。第三、四折正末改扮關羽，第三折是黃文送信，關羽答應赴會，第四折才是單刀赴會。全折排場一開始是關羽渡江，欣賞江上風景，接著一轉，來到酒宴場景，最後是魯肅親送關羽上船離開。

關羽出發之前，已知會無好會，宴無好宴，而魯肅也確實將軍卒甲士埋伏在帳幔之後，等待關羽來自投羅網。關羽上場，來到大江中流，唱【新水令】、【駐馬聽】兩支曲牌，好整以暇的欣賞江景，關漢卿所用的手法，正如以「梨花院落溶溶月，柳絮池塘淡淡風。」一來寫富貴人家，而不是以堆金砌玉的華麗文句來形容；關羽不須橫眉怒目，只要神情悠閒的借景抒懷，就已顯現了他的臨危不亂，將宴會可能發生的紛擾與危險，都視作迎神賽會的熱鬧喧囂罷了。「大江東去浪千疊」，時光滾滾而去，翻起的浪花中，英雄一一灰飛煙滅，【駐馬聽】一曲最是颯爽清剛，在感慨「這不是江水，二十年流不盡的英雄血」之際，也激起他萬丈豪情。

宴席中，魯肅果然提起荊州，先倍極恭維，然後說關羽所欠唯一「信」字，咬文嚼字、引經據典的索討荊州。這時關羽寶劍聲響，關羽一面恐嚇魯肅，這劍曾響動兩次，於是誅了文醜、殺了蔡陽，今天第三次響，也許要應在魯肅身上；一面又跳過蜀漢借荊州之事，正本溯源的指出荊州本是漢家基業，劉備承漢祚，自當擁有，與東吳毫不相干，強詞奪理卻鏗鏘有力。

這時關羽所唱【沉醉東風】連用漢高皇、漢光武、漢獻帝、漢皇叔、漢家基業，五個「漢」字，是元人喜用的「嵌字體」，同時刻意強調劉備列身劉漢的譜系，坐實蜀漢擁有荊州的合法性。至於有些研究者據此表示關漢卿宣示漢家立場，對抗蒙元，是否如此，則不可知。關漢卿世代生長於北方，在金元，即女真與蒙古的統治下成長、生活，和偏居南方的南宋移民並不相同，是否有這麼強烈的漢遺民意識，實難揣度。如果關漢卿有遺民意識，他所眷眷於懷的故國，也應該是金朝。不過不論曲文是否有言外之意，這支曲牌的確造語新穎有力，與全劇末句「倒不了俺漢家節」相互呼應。

酒宴中，關羽反客為主，不是魯肅威脅他，而是他威脅魯肅，甚至擊案說「特來破鏡」，借「鏡、敬」同音，驚嚇表字子敬的魯肅。魯肅送他離開後，還慶幸的說，關羽走了，倒是一場乾淨呢。本折以景起，以景結，關羽形象素來冷凝嚴肅，下場前所唱【離亭宴帶歇指煞】語「晚天涼風冷蘆花謝」，難得的意態瀟灑。本折以崑曲化的北曲《刀會》傳唱至今，並成為儀式劇的演出劇目，良有以也。

肆——延伸閱讀書目

徐子方，《關漢卿研究》。臺北市：文津出版社，一九九四年。
張曉風，《看古人扮戲：戲曲故事》。臺北市：時報出版公司，一九八一年。
曾永義，《蒙元的新詩：元代散曲》。臺北市：時報出版公司，一九八一年。
隋樹森，《全元散曲》。臺北市：臺灣中華書局，一九六九年。
劉翔飛、陳芳英，《小橋流水：元曲》。臺北市：時報出版公司，一九九二年。
關漢卿著，吳國欽校注，《關漢卿戲曲集》。臺北市：里仁書局，一九九八年。
Polo, Marco（馬可波羅）著，Charignon, A.J.H.（沙海昂）註，馮承鈞譯，《馬可波羅行紀》。臺北市：臺灣商務印書館，二〇〇〇年。

國家圖書館出版品預行編目資料

經典。關漢卿　戲曲 / 陳芳英編著.-- 初版. -- 臺北市：
麥田出版：家庭傳媒城邦分公司發行, 2012.12
面；　公分. -- (人與經典；3)

ISBN 978-986-173-845-1(平裝)

1.(元)關漢卿　2.元曲　3.曲評

853.7　　101022828

人與經典 003

經典。關漢卿　戲曲

編　　著　陳芳英
總 召 集　王德威
總 策 劃　柯慶明
責任編輯　林秀梅　洪禎璐

副總編輯　林秀梅
編輯總監　劉麗真
總 經 理　陳逸瑛
發 行 人　涂玉雲

出　　版　麥田出版
城邦文化事業股份有限公司
104臺北市中山區民生東路二段141號5樓
電話：（886）2-2500-7696　傳真：（886）2-2500-1966、2500-1967
麥田部落格：http://blog.pixnet.net/ryefield
發　　行　英屬蓋曼群島商家庭傳媒股份有限公司城邦分公司
104臺北市中山區民生東路二段141號11樓
書虫客服服務專線：(886)2-2500-7718；2500-7719
24小時傳真服務：(886)2-2500-1990；2500-1991
服務時間：週一至週五09:30-12:00；13:30-17:00
郵撥帳號：19863813　戶名：書虫股份有限公司
讀者服務信箱E-mail：service@readingclub.com.tw
歡迎光臨城邦讀書花園　網址：www.cite.com.tw

香港發行所　城邦（香港）出版集團有限公司
香港灣仔駱克道193號東超商業中心1樓
電話：(852)2508-6231　傳真：(852)2578-9337
E-mail：hkcite@biznetvigator.com

馬新發行所　馬新發行所 城邦(馬新)出版集團【Cite(M)Sdn. Bhd】
41, Jalan Radin Anum, Bandar Baru Sri Petaling,
57000 Kuala Lumpur, Malaysia.
電話：(603)9057-8800　傳真：(603)9057-6622
E-mail:cite@cite.com.my

設　　計　封面設計／王志弘　版型設計／江孟達　年表設計／蔡南昇
年表編輯　莊文松　洪禎璐　任天豪
印　　刷　前進彩藝有限公司

初版一刷　2012年12月1日

定價／280元
ISBN：978-986-173-845-1

本書文前關漢卿畫像，因無法取得作者本人聯繫資料，相關授權事宜，誠請撥冗賜示，主動與麥田出版（02-25007696）接洽，謝謝。